天使は見えないから、描かない

Je n'ai jamais vu d'anges ni de déesses.
Voilà pourquoi je n'en peins pas.

島本理生
Shimamoto Rio

新潮社

天使は
見えないから、
描かない

目次

天使は見えないから、描かない

骨までばらばら

どうしてこんなことになったのか、未だに、始めた私にもよく分からない。

千葉と茨城の県境近くの無人駅に電車が到着したときには、午後六時を過ぎて日も落ちていた。

ひとけのない駅前の空気は冷たく、闇に薄く靄が立ち込めていた。家系のラーメン屋が一軒と、プレハブ小屋みたいなカラオケボックス、レンタカーの案内所があるだけだった。昔からなにもないと思っていた埼玉の実家周辺よりも閑散としていて、私は冷たい空気を深く吸い込んだ。

歩き始めると駅から近いこともあって、販売中の新築戸建てやマンションがそれなりに目についた。

暗がりでヘッドライトに追い抜かれるたびに、ほんの少し、どきっとする。誘拐に気をつけなさい、と担任から注意喚起されていた小学生の頃の警戒心が体に蘇る。彼は普段どこで物を買い、なにを趣味にしているのだろう。いつしか、そんなことを考えていた。夏には清々しく感じられた街路樹も、すっかり葉を落としているために多少の心細さを抱いた。

私は肩掛けしていた仕事用のトートバッグから、ストロング系缶酎ハイの一本を取り出した。

プルタブを引いて飲むと、一瞬きゅっと胃が縮んで、今度は急激に熱くなった。みぞおちのあたりにかすかな痛みを覚えたものの、無視して飲み続ける。どうせ見咎めるような通行人もいないのだ。

遼一《りょういち》さんの部屋に着いたときには一本分を飲み切っていた。

インターホンの音が響くと同時に、ドアが開いて

「どうも」

黒いジャージを着た遼一さんが出てきた。

「インターホンを押してすぐに開いたから、びっくりした。もしかして待っててくれた？」

そう笑った自分の声があまりに嬉しそうで、てらいのない媚を含んでいたので、数秒遅れで少し気恥ずかしくなった。

私がぎこちなく表情を戻すと、遼一さんは

「ヒールの音、響くからね」

と説明して、大きくて踵の潰れたスニーカーを隅に寄せた。

私はハイヒールを脱いで、お邪魔します、と言った。遼一さんはふっと中敷きのFerragamoのロゴを見たが、ピンと来なかったのか、視線を外した。

台所と一間続きの和室に足を踏み入れると、畳の上に几帳面に折りたたまれた洗濯物が重なっていた。タオルはタオル、ズボンはズボン、下着は下着、と種類ごとに分けられている。

遼一さんが目で伝えるようにして

「そこに、洗っておいたから。永遠子《とわこ》の」

と言った。私はトレンチコートをハンガーに掛けて長押に吊るしてから、柔軟剤の匂いがする部屋着を取った。そして、ありがとう、と礼を言った。

台所を通り、中折れドアを押して浴室に入る。数年以内にリフォームしたと思われる洗い場や浴槽はまだ白くて綺麗だった。体が暖まると一本目の缶酎ハイの酔いが巡った。

部屋着姿になった私はデパ地下の紙袋を開いて、ちゃぶ台の上に総菜を並べた。別のコンビニの袋からストロング系缶酎ハイとスナック菓子も出した。

どうも、と遼一さんは小声で言うと、テレビをつけて缶酎ハイを飲み始めた。

二本目のアルコールと食事の満腹感とで体が弛緩すると、なにもかもが幸福でたまらなくなった。

弁護士がなぜか警察と一緒に捜査に乗り出して事件を解決するという連続ドラマは、資産家を殺した愛人の女が本当は捨てられるのが怖かったと泣き出す場面でつられて私も泣いてしまった。

遼一さんがあきれたようにアイコス片手に笑って、私の頭に手を置いた。遼一さんは腕も足も長いほうなのに、指だけが短く、昔修学旅行先で見た剝製の熊のように分厚い手をしている。その不格好さが愛しくて私がその腕にしがみつくと、彼が表情を消した。

そして言葉もなく私の頭を抱きかかえて布団の上に横たわった。

ここに来てしまうと、深夜も明け方も、もう分からない。

白髪交じりの短髪と、青白く太い首筋と、闇にそこだけ強く光る瞳とが、シーツの波間を浮き上がっては沈んだ。

明け方に遼一さんが専用煙草を買いに出かけた。どこにコンビニがあるのかさえ知らない私は、一人きりで取り残されて、畳の上に手を伸ばした。

昨晩、彼が脱ぎ捨てたジャージを顔に押し付けて嗅いでみる。毛玉だらけなのに柔軟剤が香るのがちぐはぐな印象を受けた。それから抱きしめられたときの燻されたような首筋の匂いを思い出すと、絶望的な幸福感に浸された脳では今が何月何日で何年なのかさえ分からなくなった。

遼一さんが戻ってきて、彼のジャージを抱いている裸の私を見て、軽く眉根を寄せた。

「どうした、永遠ちゃん」

彼はたまに永遠ちゃんと呼ぶ。昔はずっとそう呼んでいたのだ。

「待ってたら淋しくなった」

「なに言ってるの。子供みたいに」

遼一さんは小さく笑うと、台所でいったん換気扇をつけたものの、すぐに止めて布団に戻ってきた。

大きな体が覆いかぶさって来たかと思うと、その手が、私の左手首を摑んだ。

力の加減を誤ったのか、痛、ととっさに声が出た。

「ごめん」

遼一さんは素早く手を離した。私は頷いた。

「この前、帰って見たらアザになってたから、気をつけたほうが」

そう言いかけて、自分の失言に気付いた。遼一さんは静かにこちらを見ていた。私はその体を強く引き寄せて、顔を伏せた。

家庭裁判所のロビーの椅子に腰掛けて待っていると、お茶のペットボトルを二本手にした依頼者が駆けて戻って来た。

私は椅子から立ち上がって

「急がなくても大丈夫ですよ。まだ始まりませんから」

と笑って伝えた。彼女は、よかった、と隣の椅子に腰を下ろした。

「このお茶、良かったら一本、先生もどうぞ。今日もお寒い中、本当にありがとうございます」

私は、お気遣いありがとうございます、と微笑んで、お茶のペットボトルを受け取った。

依頼者が小声でなにか言ったが、一回では聞き取れず、私は顔を向けた。

「え？」

「あ、ごめんなさい。また夫のことでつい長々と」

彼女が謝ったので、私は、違うんです、と笑った。

「昔から左耳が遠くて。補聴器をつけるほどではないんですけど。左側からお話しされているときに、ちゃんと聞こえてなかったら、すみません」

「そうなんですか。先生もご苦労されているんですね」

と彼女は大げさなくらいに深く頷いた。暴力を振るう配偶者にもつい従ってしまう彼女の人間性が、その反応から垣間見えたように感じた。

家庭裁判所を出る頃には日が暮れかけていたので、事務所には戻らずに直帰した。

入籍と同時に購入して三年が経つマンションは、住人同士の交流も盛んだ。

私が郵便受けの宅配ボックスの前でしゃがみ込んで荷物を取り出していると
「あ、小川《おがわ》さん！　ちょっとご相談したいことあるんだけど、今度、お宅に伺ってもいい？」

そう話しかけてきたのは、最上階で夫婦二人暮らしをしている岡崎《おかざき》さんだった。たしか二人とも五十代で、旦那さんは親の代からの歯科医だと聞いたことがあった。

「なんでしょう？」

と私は首を傾げて訊き返した。

「今うちの夫の親族が相続問題で揉めてて、誰にどこまで権利があるのか、ざっくりでいいから聞きたいと思って。そういうのって知っている方のほうが安心だから」

「あ、それなら事務所に一度いらしていただいてもいいですか？　自宅は最近忙しくて散らかってるので」

丁重に申し伝えると、岡崎さんはふいに焦ったように、そうよね、と頷いた。

「夫も色々言われて悩んでるみたいだったから、私も心配になって。ごめんなさいね、図々しいことをお願いしちゃって」

「いいえ、全然。これ、うちの事務所の連絡先ですから、良かったら」

私は名刺を差し出した。岡崎さんは受け取りながら、やっぱり知っている方のほうが安心だから、と繰り返した。

玄関に入ると、晴彦《はるひこ》がブルーのランニングウェア姿で出てきた。

「ただいま。夕飯って食べた？」

と私は黒いストールを外しながら訊いた。

「残ってた食材で適当にナポリタン作って食ったよ。まだあるから、永遠子も良かったら食べて。あとシンクまわりを掃除しておいてくれてありがとう」

と晴彦が言った。

「朝、出勤前にやっておいた。今から走りに行くの？」

と尋ねると、彼は、うん、とやけにはっきり答えて、入れ違いに出ていった。

具だくさんのナポリタンを温め直して食べて、暖房のきいた居間でくつろいでいると、晴彦が帰ってきて冷蔵庫から缶ビールを取り出した。テーブルの上には会社用のパソコンが置きっぱなしになっている。

「私が帰るまで仕事してたの？」

晴彦はソファーの隣に腰を下ろして、うん、とまた頷いた。

「二時間みっちりユーザーに向けての説明会だから、資料作りにけっこう時間かかったよ。だけどもう大丈夫」

「おつかれさま。それならお風呂入ってもう寝る？　運動したとはいえ、今夜は冷えたでしょう」

「寝ない」

と笑った彼が私のスウェットの中に手を入れてきた。そして私の体を三人掛けのソファーに倒した。

「すっかりベッド代わりにしちゃってるな」

などと言いながら服を脱がせようとする晴彦の右手を、私はつい摑んで止めていた。

「仕事して走った後なのに、疲れてないの？」

私はかすれ声で小さく尋ねた。晴彦は青いTシャツを脱ぎながら
「永遠子と話してたら、元気になってきた」

とまっすぐに言った。趣味のランニングとフットサルで鍛えた体はうっすら腹筋が割れている。

先週も私のほうが断ったことを思い出して、上半身を起こしてスウェットを脱いだ。一応は避妊してほしいと伝えると、不穏な間があってから、「分かった」と言われた。最後は私のほうが動いて彼が達した。

交互に入浴して居間に戻ると、晴彦はソファーに座って、残っていたビールを飲んでいた。

「なんでも手早くやるし、仕事にも熱心だし、君はすごいよ」

などとしみじみ言い出したので
「なんで急に誉めたの？」

と私は訊き返した。晴彦は部屋着姿で足を組みながら
「べつに、いつも思ってることだから」

と答えた。

「遼一さんの件だって、わざわざ千葉の外れの遠いところまで通って」

私は、そんなに遠くもないよ、と首を横に振った。

「遠いよ。いくら仕事も兼ねてるとはいえ、家まで来てくれるなんて、向こうは本当にありがたいと思うよ」

「まあ、そのまま千葉駅近くのスパ付きのシティホテルに一泊するの、私もいい気分転換になるし」

私は壁のカレンダーを見て、振り返った。

「そういえば三連休って予定決めてなかったけど、どうしよう」

晴彦は、そういえば、という顔をした。

「永遠子は？　したいことないの？」

私はちょっと考えてから、提案した。

「日帰りでもいいから、ひさしぶりに温泉とか行きたいかな」

「ああ、いいかも。場所は希望ある？　せっかくだから永遠子の行きたいところにしようか」

私は、本当に、と訊き返した。晴彦が頷いたので、私は寝室からスマートフォンを持ってきた。

「ここ、前から気になってた伊東の温泉。同じ事務所の先生が行って、お風呂からの景色がすごく綺麗だったって言うから、一度行きたいと思ってたんだ」

そう言って画像を見せた。すると晴彦は急に思い出したように歯切れが悪くなって
「あ、俺、連休の初日と中日は会社の同僚との飲み会が入りそうなんだ。伊東までだと車でも三時間程度かかるから、日帰りだったら大変かもしれない」

と濁した。

「そう？　それなら電車で行く？」

「でも、それだと今度は動ける範囲が限定されるし。俺も正直、車のほうが楽だから」

さっきは大変だって言ったのに、と私は心の中で呟いた。とはいえ私が運転できるわけではないので
「分かった。じゃあ伊東はやめよう」

と答えて話を終わらせようとすると
「ほかにはどこかないの？」

と晴彦はまた訊いた。

「ちょっと、今は思いつかないかな」

「そう、じゃあ思いついたらまた教えて。実家が小田原で、正直、伊豆方面は行き飽きてるから。それ以外で」

ねえ、と私が小声で切り出した途端、彼が身構えたのが分かった。

「いいんだけど、それなら私が行きたいところって言ったのは、なんだったの？」

間があって、晴彦が両手を軽く持ち上げながら訴えた。

「そう言うけど、永遠子だけが楽しくても、俺が無理してたら意味ないと思わない？」

なぜこちらがわがままを言い出したような流れになっているのだろう、と疑問に感じた。法廷のように理詰めにしようと思えばできたが、それを家庭内に持ち込んだところで、責めるようなことを言われた、と嫌がられるのは目に見えているので黙った。たしかに晴彦だけが無理をすることはない。

「それなら萌《もえ》に、予定が空いてないか訊いてみようかな。休みのときに鎌倉の家でバーベキューしようって前に誘ってくれてたから」

私は既婚の女友達の名前を口にした。

晴彦は、いいね、といったん同意してから、両手をすっと合わせて大袈裟に謝るポーズを作った。

「ただ、ごめん。俺は、萌さんはちょっと苦手だから。それなら永遠子だけで行ってきてもらえない？」

私は数秒口を開きかけて、閉じた。

「分かった。晴彦も三連休ずっと外出だと疲れるだろうし、無理に二人で遠出することもないよね」

そう締めくくると、晴彦は頷いて
「うん、お互いに無理のないようにしよう」

とほっとしたような声を出した。


「それってほかに女がいるんだと思う」

萌は取り皿にだばだばと焼肉のタレを流し込むと、のんびりとした喋り方に似合わず、存外、はっきりと言い切った。

「どうだろう。でも、たしかに土日や連休が淋しいから一人でいたくないっていうのは、不倫している女性に共通する心理だからね。それなら相手は独身かな」

私はそう答えて、網の上のハラミをひっくり返した。付け合わせのサラダはラディッシュや鎌倉野菜がこんもり盛られて、肉よりもよほど量が多い。

店内からは鵠沼《くげぬま》海岸の水平線が見えた。サーファーたちのボードが日差しを反射している。

「永遠子は晴彦さんが浮気してもいいの？」

私は軽く萌の顔を見た。彼女は雪見だいふくのような白い頬を動かして、厚切りのタンを咀嚼していた。サーフィンとバイクが趣味の夫と二人の子供と自分の両親と同居している萌は、私たちの自由な夫婦生活も適度な距離感も

「それなら結婚してる意味があるのかな、て感じ」

と簡潔に締めくくった。

あるよ、と私は思わず言い返しながら網の上の肉を見た。萌がなにも言わずにタレの小瓶を取って手渡してくれた。一皿二千円近くするハラミやカルビはさすがに美味しい。

「たしかに結婚して三年も経てば夫婦同士ではセックスしないなんて、よくある話だけど、浮気は論外だと思う」

「いや、そもそも晴彦とは今も定期的に体の関係はあるから」

私が否定した途端に、萌は奇妙な生き物を見るような目をして

「え？　だったらなんで晴彦さん、浮気してるの？」

と真顔で私に問い質した。

「浮気が確定したわけじゃないから。私にしてみれば、あれだけ恋愛体質だった萌が結婚して修司《しゅうじ》さんと仲良く落ち着いていることのほうが意外だし、感慨深いよ」

「私のバイト先のあだ名ってビッチだったもんね。あれってもう、あだ名じゃなかったよね」

萌は口角をゆるく持ち上げて、過ぎたことを受け流すように笑った。

「ただの悪口だよ。私、一度、社員に対して怒ったでしょう」

「うん。あのときの永遠子の勢いには友情を感じて感動した。社員が女子高生に反論できない姿を見て、嫌な目にあっても男の人と言い争うのが面倒で許してた自分が恥ずかしくなったし。ただ、仕方ないよね。私もあのときは二股かけてたし」

萌は檸檬サワーで軽く酔い始めたのか、まぜっ返すように言った。

「それだって元はと言えば、そのときの彼氏が浮気してたからでしょう。萌はいつもちゃんと好きになって付き合ってたし、ただ自分を大事にしてくれる人になかなか出会えないだけだと思ってたよ」

「気持ちは嬉しいけど、私は食べたいと思って食べたものの文句は言わない主義なの」

「なるほど。たしかにこの焼き肉屋は美味しいけどね」

「でしょう。値段が高いからママ友に声をかけるのは気が引けるんだよね。気軽に誘えるのなんて永遠子くらいだよ」

萌と私は同い年だが、同じ学校の出身ではない。埼玉県の実家から都内の私立高校に通っていた私は、男女共に育ちの良さが滲む進学校の雰囲気にいまいち馴染めず、表面的な友達付き合いに飽きていた。そのときに渋谷の和食屋のバイトで知り合ったのが萌だった。

マイペースな萌とは、一緒にいても気を遣うところがなくて楽だった。生まれも育ちも鎌倉の萌は家族経営の工務店の一人娘で、適当そうに見えて、じつは優しくてきちんとしているところに好感を持った。私が強い言い方をしてしまったときには、彼女のほうが上手に引いてくれるという絶妙なバランスもあって、今日まで付き合いが続いていた。

「修司さん、今日はどこまで走りに行ってるの？」

萌の夫もツーリングで出かけるというので、二人の子供は彼女の両親に預けて、昼から湘南の海が見える焼き肉屋に来たのだった。

「箱根。でも夜までには帰るって行ってた」

萌はそう説明して、二杯目のサワーを頼んだ。

「夜遅くなったりしないんだね。真面目」

「元ヤンキーは家庭に入ると、そうだよね。家族もチームだから」

萌の言葉選びは案外、鋭い。

以前、萌と修司さんと私たち夫婦で、休日に萌の家で食事したことを思い出した。

ワイドショーでプロ野球選手の不倫スキャンダルを見た修司さんが、奥さんの妊娠中に浮気するやつなんか死ねばいいんすよ、と真剣に怒っていた。私は男性がそういうことで怒るところを初めて見た。萌は適当に受け流して、最後はなぜかすごく面白い笑い話になった。

帰りの電車の中で私が晴彦に、今日は笑ったね、と話を振ったら、晴彦が軽く言い淀んでから
「萌さんって、永遠子の友達だと思うと、ちょっと珍しいタイプだよね」

と遠回しな表現を口にした。私は表情を消して、どういう意味、と訊き返した。

「結婚式のときに、新婦の友人代表のスピーチをしてもらった高校の女友達とはけっこう雰囲

気が違うから。ご夫婦そろって」

「ああ。あのときは私たちの結婚式と萌の臨月がかぶってたからね。萌にはスピーチ頼めなくて、結局、早産だったから式にも出られなくて本当にごめんって、萌たちも前に謝ってたよ。修司さんなんて、俺が産めれば良かったんですけどって本気で言うから、あのときも笑ったな」

「いや、そういう事情で謝る必要はないんだけど」

晴彦はまた軽く言葉を詰まらせると、ふいに苦笑した。

「ごめん、やっぱりはっきり言う。俺は、あの二人は苦手かも」

いい大人がそんなことをパートナーの私に向かってはっきり明言したことに内心引いた。

私が、そう、とだけ相槌を打つと、彼は急に焦ったように
「ごめん。永遠子、怒った？」

と訊いた。

「べつに、怒ってないよ。私の友達は、晴彦の友達じゃないし」

「ごめん。俺だってできるだけ仲良くしたいと思ってるんだよ。ただあの二人って、なんかちょっと品がない感じするから」

私は思わず笑った。品のことはよく分からないが、妻の友人に対してそんなことを口に出す心なさよりは下品のほうが好ましいと思った。そもそも私は彼らを下品だと感じたことはなかった。それはたぶん私のほうが晴彦に表面的には合わせているからだった。

今でこそ都内にそこそこいいマンションを晴彦と共同名義で購入して、家具やインテリアに

も適度に凝り、衣服にも気を遣って傍目には不足のない暮らしをしている。

けれど元々は都内から電車で一時間以上かかる、埼玉県の地方都市で私は生まれ育った。小学校に進学してすぐの頃に、実家近くにイオンができたおかげで不便こそなかったものの、家のまわりにバイクをぶんぶんふかして自転車代わりに乗り回す不良は多かったし、それがごく見慣れた光景でもあった。

私自身の通学の手段はひたすら徒歩で、近所の河原の菜の花畑が憧れのデートコースだった。中学を卒業するまで普段着は制服かジャージか安物のミニスカートの三択だった。高校卒業後に地元の消防団で活動する男の先輩と結婚した美人の同級生には成人式の時点で子供が三人いて、すでに貫禄さえ感じさせる母親ぶりがいっそ頼もしかった。

帰りに車で迎えに来た母には、「永遠ちゃんもあれくらい綺麗だったら、苦労して勉強しようなんて思わなかったかもね」と言われた。

二十五歳で入籍して、鎌倉の海が見える式場で両親への手紙を三十分かけて読んだ萌と修司さんに対しては、やっぱり神奈川育ちは品が良くて違うな、と思ったくらいだった。

会計のときに半分で割ると、萌が千四百円ほど多めに出して
「私のほうがお酒飲んだ分ね」

と、さりげなく付け加えた。彼女が手にしているステラマッカートニーのバッグに、学生時代にロゴ入りのギャルブランドが好きだったときからの流れを感じた。

「ありがと」

とありがたく受け取って、店員に支払った。

江ノ電の車窓から見える景色は青くて清々しかった。たしかに晴彦と無理に遠出するよりも良かったと思った。

今頃は、私が顔も知らない女性を抱いているのかもしれない彼を想像しながら、舟を漕いだ。


仕事が終わらず、遼一さんの部屋に着く頃には午後九時をすぎていた。

伝えていた時間よりも大幅に遅れた挙句に手ぶらでやって来た私に、彼は小さく笑って
「なんなの、永遠子は。昔から時間に適当だな」

と怒るわけでもなく、からかった。

私は、ごめんなさい、と本気で謝って、トレンチコートを脱いだ。

「しかも手ぶらで来ちゃったのに、ご飯もまだなんだけど」

「ああ。そうかと思って、さっき車出して、食材の買い出しに行ってきたよ。簡単なものなら作ろうか」

重たそうな腰を上げて、立ち上がる。私はその間に部屋着に着替えた。

用意してもらった缶酎ハイと肉野菜炒めと冷奴が食卓に並ぶと、なんだか嬉しくなりすぎて、酔いも手伝って鼻血を出す前の子供みたいにはしゃいでしまった。

遼一さんが私を見て
「なにかあった？」

と訊いた。

「ないけど、どうして？」

「今日やけにテンション高いから」

「だって先週は連休もあって会えなかったし」

「こんな中年と会ってなにが楽しいんだよ。永遠ちゃんは」

「そういうこと言わないでよ」

私は笑ったまままさりげなく否定した。彼の表情に少しだけ暗い影が差した。

「本気で言ってるよ」

「じゃあ、なに、今さら叔父さんとか呼べばいい？」

それは、と遼一さんが強く遮った。

「俺だって、嫌だよ」

気まずくなって、しばらく黙ってお酒を飲んだ。

「肉野菜炒め、しゃきしゃきで美味しい。私が作ると、だいたい野菜が生焼けか炒めすぎか、どっちかだから。遼一さんの火加減っていつもちょうどいいよね」

私が誉めると、そのときだけ遼一さんはうんと少し嬉しそうに頷いた。怒りや苛立ちなんてなく、彼が言っていることなど痛いくらいに分かり、今この瞬間に、今夜は帰りなさい、と告げられることだけを恐れていた。

遠慮がちに私から抱きついたときに、彼が向き直って服を脱ぎ始めたのでほっとした。

布団の中で、遼一さんの太い腕が私の裸の体をすっぽり抱いてしまうと、泣きそうになった。抱かれているようでも、しがみつかれているようでもあった。重さなど感じなかった。

いっそ執着されて私の生活ごと壊されてしまえばいい。でも、そういうことができずに私が帰ってしまえばメールも電話も一切なくて、それでも私が会いたいとか行きたいと言えばいつだって受け入れて言葉少なに慈しむことしかできない人だと分かっていた。そのことに自分が傲慢な救いを見出していることも。

キスをすると、ざらついた無精ひげの感触が伝わった。その左肩にそっと自分の額をつけて、目を閉じる。

「私、迷惑？」

ううん、という声の振動が額越しに伝わった。

「子供のときにはもちろん女性としてなんて見てなかったけど、年齢関係なく永遠ちゃんは話が通じるな、とは思ってたよ。だから、こんなことになっても、永遠ちゃんとは……一緒にいれば、楽しいよ」

遼一さんは私の後頭部を静かに撫で下ろした。

あれは小学校三年のお盆の時期の集まりだった。

田舎の祖母の家の大広間で、親族で集まって寿司を食べていた。大人たちはビールに焼酎と散々酔っ払ってテーブルに片肘をついていたこともあり、気を遣うこともないと判断した私はふと足の痺れに限界を感じた。

ごろんと畳に仰向けで寝転がったら、いきなり父が怒鳴った。

なにやってんだ！　みっともない。

びっくりして起き上がると同時に、左耳のすぐ横を強く張り飛ばされていた。私はなぜ手を出されたのか理解できずに、畳の上にひっくり返って呆然としていた。耳の奥が燃えるように熱かった。親戚たちが困ったように目をそらした。自分のスカートが捲れていることに遅れて気付いた。

それならば小声で諭してくれればよかったのに。耳が焼けるように痛い。羞恥心と悔しさで目に涙が滲んだが、負けず嫌いな私は堪えた。すると父がさらに苛立ったように、謝りなさい！　と怒鳴った。

私が生まれる前にはもう祖父は他界していたこともあって、祖母の家では昔から長男である父が怒ると誰も止められなかった。母は帰省の前日に熱を出してその場にはいなかった。

私はそれでも言った。

「謝らない」

あのときの永遠ちゃんを見て、末は弁護士にでもなるんじゃないかと思った。遼一さんは本気だか冗談だか分からないことを今でもたまに口にする。

「私はそこまでの悪いことをしていないから謝らない」

父が絶句して、その直後に拳を振り上げた。そして今度ははっきりと左耳を殴られた。

祖母が半ば困ったように、敬一《けいいち》やめなさい、と呼びかけた。それから

「永遠ちゃんも女の子なのにお行儀が悪かったんだから、謝りなさい、ね」

と続けて私に諭した。左耳の中で強く脈打つ音がした。なんで私が、とはさすがに言えずに痛みと怒りで頭が痺れて口がきけなくなった。

そのとき、普段は大勢の中ではめったに喋らない遼一さんが言った。

「敬兄、やめろ。永遠ちゃん。こっちにおいで」

私はびっくりして視線を向けた。遼一さんが立ち上がった。腹立たしそうに黙った父をそっと押しのけて、彼は私を抱き起こした。そして目を見張った。

「耳から、血が出てる。医者に連れていかないと」

それで皆がはっと我に返って、急に心配するような素振りを見せた。

立場が悪くなって仏頂面のまま動かない父の代わりに、遼一さんがタクシーで市の総合病院まで連れていってくれた。

最後に病院のロビーで会計を待っている間、遼一さんは黙って私の肩に手を置いていた。深くしっかりと、何度か叩いた。そして一度だけ頭に手を置いた。

「止めるのが遅くて、ごめん」

申し訳なさそうな声はあまりに優しくて、なにより年齢も性別もなく一人の人間に向けられた本音が込められたものだった。私は遼一さんが年上の血のつながった男性だということを忘れて、しがみつきたくなった。未成熟な少女としての肉体を無視して、大人のように抱きしめてほしいと。

子供だから言葉を知らなかったが、あのとき私は遼一さんの優しさに欲望していた。この人の肉体から愛から関心まですべてが欲しい、そばにいたいと願った。

あれは初恋だった。それは恋ではないと言われるかもしれないが、私にとっての恋は少なくとも遼一さんの形をしていた。

眼光鋭い中にも清潔感と若々しさがあった頃から、年齢を重ねて一つ二つとその顔に皺と無精ひげが増え、祖母や大嫌いな父に似た細部を見出すことさえある今でも。

「え、ちょっと待って。当日にそれは、さすがにないんじゃない。夫婦で行くって言っちゃったよ」

　私は驚いて訊き返した。

　晴彦はさすがに悪いと思ったのか、いったんは深く頭を下げると
「本当にごめん。持ち帰りの仕事があまりに多くて、俺も余裕ないんだ」

　顔を上げて、案外、強い口調で言い切った。私はしばし言葉をなくしたが、仕方なく切り替えて
「分かった。忙しいんじゃあ、しょうがないよね。私一人で行ってくる」

とため息をついた。晴彦は、本当にごめん、とまた謝った。

　私は出掛ける支度をする前に掃除機をかけようとして、振り返った。

「ねえ。もしかして晴彦、今日の店が嫌だったんじゃないの？」

　その瞬間、彼がさりげなく目をそらした。私がコードレス掃除機片手に返事を待っていると、あきらめたように
「うん。正直、それはある」

と認めた。私はあきれて、ねえ、と言った。

「たしかに私の仕事上の付き合いで、土曜の夜を使うのは申し訳ないし、先方に予約してもらった店だって値段のわりには味も普通だけど、でも、そういうのってどうなの」

　分かってるんだよ、と晴彦は軽く項垂れた。

「でもさ、正直言うけどあの店って、銀座の老舗でサービス料も高いわりには、前に行ったときにワイングラスやトイレが綺麗じゃなかったよ」

ワイングラスとトイレ、という単語の並びに反射的に不快を覚えて
「それって、これから、その店に行く私に今言うこと?」

私が本気で怒っているのを察したのか、晴彦は表情を固くした。
「俺も迷ったけど、理由を言ったほうがいいかと思って、正直に説明したんだよ。そんなふうに内心思われてるのも嫌だろうし」

私は、分かった、と諦めて答えた。
「ただ、正直に言う言葉はもう少し選別して」
「ごめん。悪かったよ。今度は二人で食事しに行こう。一緒に行きたい店に」
「うん。分かった」

私は口ではそう言って、かぶりを振った。掃除機の運転ボタンを押すと充電切れで作動せず、つい当てつけのようなため息を漏らしてしまった。

安定した収入があって家事も得意な晴彦は一見、現代的で理想的なパートナーだ。一方で、彼には嫌いなものが多い。結婚前から分かってはいた。

潔癖症というわけではないが、自分が不潔さや下品さを感じるものに対して嫌悪感を隠さないところがあり、それが私の許容範囲とあまりに食い違っているために、相容れないこともしばしばだった。
「俺たちは無理せずに好きなときだけ一緒に過ごせばいい。永遠子だって、そういう形が現代

的なパートナーシップだと思わない？」

いつだったか晴彦が、夫婦の在り方についてそう意見したことがあった。

私が彼の親戚や友人との集まりに呼ばれて断ったことはなかった。べつに大して楽しいわけではなくても、自分の主張とは無関係に相手のために時間を割くのも夫婦としての役割だと私自身は考えるからだ。でも彼は違う。享楽的ではないが、嫌なことのために自分を引っ込めたり我慢することができない。

突き詰めれば、私は晴彦に我慢してほしいわけではないのだ。ただ、私の喜びや楽しみが彼自身の幸福にはならないことには、時々、虚しさを覚えた。

寝室に行こうとしている背中に、私は呼びかけた。

「ねえ、責めてるわけじゃなくて、素朴な疑問なんだけど」

振り返った彼は、この話題は終わりにしたい、ということを顔にははっきりと出していたが、それは言葉にせずに
「なにかな」

と訊き返した。

「晴彦は、私が楽しければ自分も嬉しいって思うことはないの？」

「もちろん、それはあるよ」

彼は即答した。まるで張り合うように腕組みをしながら。

「俺だって永遠子が好きなことや、わがままを聞きたいし、言ってほしいと思ってる」

わがままとは、相手に受け入れられるという安心がなかったら、果たして言えるものだろう

か。私は内心首を傾げたが、少なくとも彼はそう信じて疑っていないようだった。

「分かった。ありがとう」

私はうやむやにするために笑った。晴彦がかえって不安げな顔を作った。

「俺はこういうときに感情的にならずに話ができて、仕事も頑張ってる永遠子を尊敬してる。だけど、永遠子は俺で良かったのかな」

今度は私が、もちろん、と即答した。私たちは抱き合った。もちろん腕組みなどせずに。

晴彦が両手を広げた。私たちは抱き合った。俺は永遠子のことを愛してる、と囁かれた。そうだろうと思った。私はこの人の嫌いを最終的には受け入れる。拒否されたことにも納得する。経済的に自立しているし、セックスだって求められれば極力、頑張る。愛される理由はある。

仮に晴彦に付き合っている彼女がいるとしたら、その子はわっと泣いたり感情的に怒ったりする子なのかもしれない。なぜなら私に欠けているものは、そういう言葉の通じない情動だから。

晴彦は、私の高校時代の女友達の彼氏の友人だった。二十代の頃に女友達が結婚相手を紹介したいと言って開いた飲み会で、私たちは知り合った。

出会ったばかりの頃に、晴彦は私を「将来の目標のために努力していて、人間としてかっこいい。俺、尊敬する」と言い切った。そして私は女らしさを求めない彼に好意を持った。

晴彦と付き合い始めたとき、結婚するならこの人だと思った。彼よりも生理的に不快じゃなくて家事負担など男女差なく分担できて言葉で分かり合える男性に出会える確率はかぎりなく低いと、司法試験に合格して就職先の事務所も決まり、ぎりぎり二十代だった私は考えた。結婚という契約を疑う余地もないほどに当然するものだという価値観が自分に染みついていたことをふと不思議に感じたときには、入籍して三年の月日が経っていた。

遼一さんが仕事中に足場を踏み外して全治三週間程度の怪我を負い、それがどうも同僚のミスなので医療費の請求をどうするかといった相談の電話が本人からかかってきたのは、四カ月前の初夏の午後だった。

独り身で動けない中年男性が神田の事務所まで来るのは大変だと思い、親戚だしこちらから伺います、と伝えた。遼一さんは一度も結婚していなかった。

私の父曰く

「遼一の奴、若いときには案外可愛げがあって女にモテたから、調子に乗って婚期を逃したんだ」

ということだったが、実際には口下手な人だからここぞというときに擦れ違ったのだろうと私は思っていた。

玄関から室内を見たとき、思いの外、片付いていることに驚いた。洗濯後の衣類の良い匂いがしていた。

「わざわざ、どうも。敬兄に教えてもらったんだけど、いきなり電話して、ごめん」

痛めた左足を引きずって出てきた遼一さんは低い声で、なんだか照れ臭そうに言った。私がすっかり大人の女になっていたからかもしれない。親戚とは言え、父方の叔父と姪という間柄は近いようで遠く、約束して二人きりで会ったことはこれまでなかった。

私の結婚式以来、久しぶりに顔を合わせた遼一さんは幾分か年を取っていたが、肉体労働で鍛えられた体にはまだ若い頃の体力が残っている気配がした。向かい合って一つ一つ説明しているうちに、自分の腹の底が奇妙に熱いことに気付いた。

冷房のきいた室内に、蟬しぐれが響いていた。窓ガラスが薄いので、屋外にいるみたいに鳴き声がしていた。

すべて話し終えると、私は切り出した。

「喉渇きましたね。お茶じゃなくて、お酒ない？」

遼一さんが父よりもずっと酒に強いことを、私は昔から見ていて知っていた。

彼は面食らったように、ん、と小声で答えると、冷蔵庫から安い缶酎ハイを二本出してきた。

「俺、今ビールは飲めなくて。こんなんでいいの？　稼いでる永遠ちゃんが」

と冗談を言われたので、私も笑って、いいよ、と返した。

「怪我のせいでビール飲めないの？」

「や、痛風」

「定番じゃん」

「だろ」

互いに酔うと、もともと気の合った身内同士、晴彦にはしないような話題で盛り上がった。

私は萌が結婚前に修司さんから受け取ったメールについて語った。

「『俺は常に感謝してます』って打とうとして『俺は常に反社してます』って誤変換して送ってきたから、萌が本気でこの人ってじつはヤクザじゃないかって悩んで私に相談してきたんだよ」

遼一さんは噴き出すと、心底、面白そうに笑った。自分の話で目の前の男性が楽しんでいることを実感するのも久々で、嬉しかった。そのときにはもちろん手に触れたりもしなかった。でも、それで会うときのパターンができた。

その次も、さらにその翌週も私は打ち合わせと称して遼一さんの部屋に行った。簡単な家事を手伝って夜遅くまでだらだら飲み、刑事ドラマや元服役囚のYouTube動画を一緒に見た。拘置所と刑務所との違いや、未決囚、報知器といった単語に私がちょこちょこと解説を加えると、遼一さんは熱心に聞き入った。

終電間近になって、私は畳に寝転がった。

遼一さんがさすがに気にしたように視線を向けた。

「永遠ちゃん」

「うーん、なに」

私は酩酊して、間延びした返事をした。

「もしかして、上手くいってないのか？　晴彦君と」

違う、と私は首を横に振った。なんだ、と遼一さんは言って笑った。

「いや、物事の認識は二項対立にならざるを得ないから、私は今そう言い切ったけど、そこには正しい解があるわけではなく、正しいと勝手に見なすこともできないから。それでいて二項対立から離れた途端、私たちの認識は共通性を持つとカントも書いてるよね」

「永遠ちゃん、なに言ってるの」

真顔で突っ込まれて、気がゆるんだら、なにかが堰を切ったように込み上げた。待って待ってなんで泣いているんだ私は、と天井を仰ぎ見て混乱した。

遼一さんも気付いて、どうした、と私の頰に手を添えた。その手の熱を感じた瞬間、私は間違えることを選んだ。

「なにかが上手くいってないからじゃなくて、今、幸せすぎて、死ぬ。そういう感情が遼一さんと共通してたら嬉しいだけ」

いきなりそんなことを吐き出した私を、彼は無言のまま見つめた。

その反応を目にして、父が遼一さんのことを「女にモテた」と言った理由を理解した。実の姪にさえも、女性に対する真摯さを向けてしまう。そんな遼一さんの危うさを感じ取った私は彼の両手を強く握っていた。

指を絡めて引き寄せると、遼一さんは凍りついたように微動だにしなかった。私は訴えかけるように強く見返した。彼の表情が強張り、私の本気が伝わったことを察した。引っ込みがつかなくなって両手を引っ張った。今度も彼の体はびくともしなかった。また引いた。遼一さんが根負けするまで一晩中でもそうしている覚悟だった。私が常識を取り戻して手を放したなら、彼はきっともう来ないようにと諭すだろう。二人きりで会える夜は人生最後かもしれないという切迫感に突き動かされて、羞恥心さえ投げ打った。

それでも六回目の無反応に心折れかけて目を伏せた私の上に、大きな体が倒れ込んできた。

唇が掠っただけのキスからは逡巡が伝わってきた。私はとっさに彼の背中に手をまわしてキスし返した。離れないようにしがみ付く私のTシャツの裾の下に、遼一さんがうっかり手を入れた。酒で冷えていた腰をさすられて、直接、素肌に触れられた嬉しさで鳥肌が立った。それでも耳元ではまだ、誰でもいいみたいに自棄になったらだめだ、と言い聞かせる声がした。永遠ちゃん、やっぱりつらいことでもあったんだろう。

姪の私が十歳にも満たない頃から自分を欲していたことなど想像もしていない遼一さんはそんな問いを繰り返し、私はそのすべてを、左耳が遠いからよく聞こえない、と嘘をついて突っぱねた。

二十年以上も前に病院で遼一さんが私に触れたとき、その手は湿度のある優しさを内包していた。当然のように性欲や恋愛ではなく、身内としての情を感じた。

私はそれを理解した上で、私と遼一さんが他人同士だったら良かったとは思わなかった。血が繋がっているという事実や物理的な近しさをひっくるめて私はこの人に欲情しているのだと悟り、呆然とした。初めて海に入ったら海藻や砂底の案外ぐにゃぐにゃと気味悪い感触を含めて光が乱反射する眩しさに魅了された幼い頃の夏の日のようだった。

私の欲望や幸福は、気持ちが悪い。世界はけっして私を肯定しない。そう自覚するには、年齢的に早すぎたのだ。なまじ純粋なまま温存された欲望の行き場など、今さら他にあるはずもなかった。

私がTシャツを脱いでしまうと、遼一さんもどうすることもできずにTシャツを脱いだ。半袖焼けした上半身が蛍光灯の明かりを遮って視界を塞ぐと、まるで自分の妄想の中に迷い込んだようだった。きちんと唇を重ねてしまった後も、遼一さんの瞳と手は迷い続けていた。下着まで外した私を見たときには、半ば怯えてさえいるように見えた。そうやって迷いながらも彼は拒絶できなかった。この人はもしかしたら私以上に業が深いのかもしれない、と思ったときには、遼一さんと布団の中に入っていた。

遼一さんの触り方は少し痛くて、真剣な顔でそうするので、わざとではないと分かったが、どうしてそれさえいいと自分が思えるのかも不思議だった。

諦めたように彼が力を込めて中に入ってきて、自分が小さく、あ、と声を漏らしたとき、どんな田舎の夜よりも室内を暗く感じた。突然、我に返りかけた。父や祖母や母の顔が頭に割り込んできて恐怖と自己嫌悪に飲まれかけた。人として決定的に誤ったという実感が追いついて、だけど遼一さんが腰を動かして下腹部に強烈な痺れを感じた瞬間、高すぎる体温で溶解した。

矛盾で骨までばらばらになってしまう気がした。二人とも逃げるように夜の底で没頭した。

食事が終わると、晴彦の家の人々は席を立ち、各々の片付けに取りかかった。

私は流しに立って、運ばれてくるお皿を次から次へと洗った。

「ありがとうね、永遠子ちゃん。うちもそろそろ食洗機を買うかって話してたんだけど。あれってどう？　使う？」

「うーん、そうですね。お客さんが来たときには便利ですけど、普段二人だったら、意外と手で洗ったほうが早いかな」

私は水切り籠にお皿を並べながら答えた。義理の妹の晴美《はるみ》が軽く横入りして、離乳食の空容器を水で流してから、ゴミ箱に捨てた。

「食洗機いいよね。うちも次のボーナスのときに買ってって言おうかなあ」

「ああ、お子さんが二人もいる家は絶対にあったほうがいいよ」

と私は相槌を打った。

「ねえ、そういえば永遠子ちゃん。私の職場の人がね、男性なんだけど、今度離婚したいって言ってるのよ。年下の奥さんなんだけど、専業主婦なのに本当になんにもしない人なんだって。いつもどこか具合が悪いって言って。アイロンだってお弁当だって、その五十代の男の人が自分でやってるのよ。だけど、それだけの理由だと財産って半分持って行かれちゃうものなのかしら。

「うーん。永遠子ちゃんに軽く聞いてほしいって言われたんだけど」

「うーん。それだけの理由だと基本的には厳しいですね。話し合いの余地はあるかと思いますけど、妻側に請求されたら半分支払うことにはなると思います」

お義母さんは素早い手つきで濡れた食器を拭いて、棚に戻しながら
「やっぱりそうなのねえ。本当に、なにもしない奥さんだって言うのよ」

と繰り返した。それから
「永遠子ちゃんなんて、立派な仕事をして、家のこともやってるのに」

と付け加えたので、私は大げさに笑って、首を横に振った。

「全然、立派なんてことないです。家のことだって、晴彦さんが半分やってくれてますから」

そんな晴彦は今、二階の寝室でお義父さんと一緒に新しく届いたベッドの組み立てをしている。

家の中にいるときに女がよく働く、ということはよくあるが、晴彦の実家ではいつも全員が家族のためになにかしら働いている。

晴彦が降りてきて
「マイナスドライバーって、玄関の棚だっけ？」

とお義母さんに訊いた。

「そうそう。上のほうね」

赤ん坊を抱いた晴美がまた割り込んで言った。

「お兄ちゃん、明日の午前中に車で帰るとき、アウトレットまで送ってくれない？　帰りは靖《やすし》に迎えに来てもらうから」

「アウトレットって、けっこう逆方向だし。最初から靖君に来てもらえばいいんじゃないの？」

「うち、明日のお昼まで友達に車貸しちゃって、ないんだよね」

「えー、なにそれ」

「お願いだって。永遠子さんも一緒に買い物しようよ、ね」

私は、たしかにルームウェアとか見たいかも、と頷いた。それで晴彦も承知した。

翌日のお昼前に到着した広大なアウトレットモールの駐車場は、壮観なほどに自家用車で埋め尽くされていた。雄大な富士山を眺めながら敷地内を散策した。噴水の周囲を走り回る子供を見守る親たちの表情も穏やかだった。

晴美はセール品の子供服をまとめ買いして、私はセール品のタイツとフリースの上着を買った。一番人気のハンバーグ屋は数時間待ちだったので、別のパスタ屋でランチを終えたところで、義弟の靖さんが迎えに来た。

晴彦が車を運転している途中に、湖でも寄っていく？　と訊いた。

「そろそろ氷が張ってるかもしれない」

「いいな。冬の湖って見たことない」

と私は答えた。

閑散とした駐車場に停めた車から降りると、冷え切った空気がいっそ清々しかった。

湖はたしかに薄く白く染まっていた。鳥たちが氷の上を滑るように歩いていた。

「すごい、気持ちいいね」

私はコートのポケットに手を突っ込んで、白い息を吐いた。

「踏んでみたら？」

ダウンジャケット姿の晴彦が笑って言った。背が高くて無駄な脂肪のない体つきは、広大な自然の中でとてもよく映える。私は一歩足を前に踏み出した。

「あ、乗れそう。や、やっぱり、無理かも。割れる」

本気で氷に乗ろうとしては足を引っ込める私を見て、晴彦が
「ごめん、本当にやると思わなかった。永遠子って、こういうときに妙に真剣なのが面白いよね」

と今度は声を出して笑った。

「残念。踏めなかった」

一人で悔しがっていると、晴彦が表情を戻して
「そういえば、昨日はありがとう。みんなに法律相談されて、疲れなかった？」

と気遣ってくれた。私は、ううん、と答えた。

「私、晴彦の家族、好きだよ。自然に協力して、助け合って。いい意味で王道の家族感があるよね」

そんな彼らの相談役になることで、結婚当初は当たり前のように話題に上っていた「晴彦と永遠子さんの子供が産まれたら」という期待や関心を、私はひとまず脇に置くことができているのだから。

「そっか。それを言ったら永遠子の家も、俺は王道の家族っぽいとは思うけど。精神的な家父長制度を踏襲しているっていう意味で」

精神的な家父長制度、と私は胸のうちで呟く。言い得て妙だ。

晴彦との感性の違いに苦しくなる一方で、私たちが夫婦でいられるのは、時々彼がこうやって忖度なく本質を突くからだと思う。それは優しさとは似て非なる理解ではあるけれど、ある種の友情は感じていた。

晴彦が私のコートを見た。

「そんなコート持ってたっけ？」

「ああ、これ、金曜の仕事帰りに買ったの。仕事と兼用で使えるようにと思って。どう？」

「似合うよ。永遠子ってそういう、どこへ着て行っても恥ずかしくないものを選ぶのが上手だから」

晴彦にとっては誉め言葉だったのだろうが、どこか後ろめたさを感じた。

「うん。昔、靴で失敗したからね」

「ああ。お世話になっている会社の忘年会に行ったときに、自分の靴だけ激安だった話？」

私は苦笑して頷いた。

居酒屋のお座敷に上がるときにパンプスを脱いだ時点では、私は正直なにも気付かずにストッキングが伝線していないかということにばかり気を取られていた。

帰りにタタキを見たら、秘書や広報の女性の似たような黒いパンプスがずらりと並んでいた。中敷きだけが手掛かりだったこともあり、他の女性たちも一瞬強く互いの靴を見た。

私がそのときに履いてきた、歩くときに楽だし買い替えがきくからと愛用していた若い子向けの激安靴は女性誌にも頻繁に載っている物だった。けれどそれと同価格帯の靴は誰も履いておらず手堅いハイブランドばかりだと、そのときになって気付いた。急に自分が場違いのように思えて恥ずかしくなり、いつものパンプスに足を入れる間に冷や汗が出た。

その翌日に私は高島屋のSalvatore Ferragamoに行き、どんなときにも使えるパンプスを二足買った。そして今も履き続けている。

帰りの海老名のサービスエリアで晴彦はお土産を買うかと思ったけれど、なにも買わなかった。私だけが事務所の先生たちにおせんべいを買った。


「うちの父親って、分かりやすい男尊女卑じゃない？」

遼一さんの膝枕で寝転がった私は言った。

「うん」

と彼は缶酎ハイ片手に頷いた。

「稼いでるだけで威張ってても怒鳴ってもいいわけがないって、私は昔から思ってた。だからこそ私が父親を越えてやろうって思って、努力して司法試験に合格して、頑張って仕事して……たしかに夢は叶ったけど、父を敵にして突き進むほど、本当の自分にとって心地いいものや居場所からは離れていくように感じてた。無難なブランド物を持って銀座のレストランで会食とか、コスプレとしてやってるけど、私が本当に欲しいものってなんだったんだろうって考える」

私のひとりごとを聞き終えた遼一さんは、アイコスを口にくわえた。

「案外、みんな、そんなもんだよ。自分のための場所なんてそんなに簡単に見つからないから、作るんじゃないの」

「それなら遼一さんは？」

彼は息を吐いてから、こちらをちらっと見た。

「俺は昔からどこいっても、そこそこ、なのかな。自分で言うのも変だけど、そんなに人から嫌われたこともなければ、困ったこともないしね」

「それは、なんとなく、分かるよ」

と私は素直に同意した。

「男尊女卑なんていったら、俺が永遠ちゃんを女性として見てしまって、結局、関係してるのだって、そうなんじゃないの。しょせん敬兄と五十歩百歩だよ。永遠子のはただのファザコンです」

私は起き上がって、睨んだ。遼一さんはムキになったように睨み返した。

「そんなふうに怒ったって、永遠ちゃんは事実、社会的な成功者だし、旦那だっているし、まだ若いけど、俺は違うでしょう。そんなのは対等な愛情だとか関係だとか、言えるわけないだろう」

「対等がいいなんて言ってない」

「それなら、なにが欲しいの？」

とっさに反論できなかった。それって結局は私の一方的な片思いに巻き込まれて、行きがかり上、相手を引き受けているだけではないのか。そんな憤りから、つい右手を振り上げていた。

遼一さんがよけなかったので、指先が軽く頬に擦ってしまった。薄く引っ掻いた跡が頬に浮き上がっても、彼は眉一つ動かさなかった。私に手をあげた父と同じことをしかけたことにショックを受けて、責められるよりも先に訴えていた。

「散々寝てから、なんで今になってそんなこと言うの？　そんな、ぜんぶ惰性だった、みたいな言い方しないでよ」

もしかしたら若かりし頃の父は、娘の私よりも弱かったのかもしれない。だから手をあげるしかなかったのかもしれない。暴力は弱さの上にこそ纏う武器だから。

「そろそろ、帰ったほうがいいよ。いいかげん、いい時間だし」

立ち上がろうとした遼一さんの手を私は摑んだ。彼は振りほどかなかった。黙ったまま諭すように見据えていた。ごめんなさい、と私は言った。

「叩こうとして、ごめんなさい」

「うん」

抱き寄せられて、腕の力を優しく強くされたときに分かった。自分がきちんと弱くなれるのはこの人の前だけだと。

高校生で初めて彼氏ができて、それから何人かの男の子と付き合って、いつも感じていた。なにかが違う。私がしているのは恋愛じゃない気がする。

愛着や独占欲はそれなりに湧くし、キスしたり抱き合ったりすれば快感もある。だけど、理性を忘れるほどの幸せを感じたことはなかった。好きになってくれて嬉しい、という、どこか奥歯に物が挟まったような幸福感だった。

成人した年のお正月、集まった親戚の中に遼一さんを見つけて私から近付いたら、彼が小さく笑って

「綺麗に、なっちゃって。おめでとう。これ、俺からつまらないものです」

と封筒に包んだお祝いを差し出した。ありがとうございます、と受け取った指の先が触れた瞬間に分かってしまった。自分がこの世で唯一恋焦がれているものはなにか。

一度は遼一さんと同世代の既婚者の男性とも付き合った。相手は司法修習生時代の教官で、穏やかで優しいインテリだったが、その分、セックスの最中にはかえってぎらぎらしているように感じられて、そのことにちっとも感動しない自分がいた。

高いホテルに連れていってもらった翌朝に、東銀座の駅の階段で私はこらえきれずに泣いた。自分が唯一幸福だと感じる相手が今の世の中では絶対に手に入らないこと。同性しか愛せないという人でさえ、私から見れば羨ましかった。肉体関係を持っていることを公言する自由が一応はあるということが、眩しくて仕方なかったのだ。

仄暗い明け方に帰り支度をしていると、遼一さんが手を伸ばしてきて、私の腰にしがみついた。

私は途方に暮れて、膝の上にいる大柄の男を見下ろした。

「もう、帰る?」

「うん。朝から一件、打ち合わせ入ってるから」

そうか、と遼一さんが小声で呟いた。それから体を起こして

「永遠ちゃん。もう来ないほうがいい」

と告げた。

私は小さく笑って

「分かりました。検討します」

と答えた。とっさに手を引かれた。支度してしまったので化粧が崩れるのは少し困る、と一瞬でも考えた自分が嫌だった。私は結局、愛よりも生活を優先するのだろうか。

「最初のとき、永遠ちゃんは、できたら、どうする気だった?」

「大丈夫だと思ったから」

と私は遮った。

初めてのときに遼一さんがそのままましようとしたので

「一応、避妊しないと」

と忠告したら、かえって彼は躊躇《ためら》いを振り切ったように中に入って来た。そんな覚悟もないな

ら最初からするな、と言われた気がした。

たしかに遼一さんが誘ったわけではない。今も一方的に私が押しかけているだけだ。でも、もし私が一緒に地獄を見てほしいと頼んだら、彼は断らないのかもしれない。

朝焼けの滲むがらがらの電車内で、私は泣きたくなった。

仕事帰りに会いたいと萌を呼び出すと、夫も子供もいるというのに、萌は一人で新宿まで出てきてくれた。

萌が焼き鳥を食べたいというので、クリスマス間近の浮き足立ったアルタ前の雑踏を抜けて、横丁の立ち飲み居酒屋に入った。

お酒よりも焼き鳥に夢中の萌に
「ごめん。遠いところを、しかも平日に」

とスーツ姿の私が謝ると、彼女はあいかわらず白い頬を動かしながら
「だいじょうぶ。この前の土日はワンオペだったから飲みたい気分だったし。修司君も、友情は家族の次に大事だって言ってるし」

と返した。

「ねえ、ほんとうのほんとに、そんな少年漫画みたいなことを言うわけ?」

と私は思わず突っ込んだ。

「ほんとに言うから、面白いんだよね。毎日一緒にいて飽きないもん」

「飽きないのか」

「うん。やっぱり、ぐっとくるしね。大事なものの順番や基準がゆるぎない人って」

大事なものの順番、という言葉にすべてを言い当てられたように感じた。

私は口の中に残っていたうずらの卵を、ビールで飲み下した。

「たしかに、ぐっとくるよね。私は大事なものの順番をごまかすから」

「晴彦さんのこと？　浮気してたら、泣いて引き留めればいいんだよ。永遠子の代わりなんて、なかなかいないよ」

「それもあるけど、私、本当はずっと手に入らない人が好きだったんだ。だからたぶんいつだって現実がどこか曖昧で、その人と一緒にいられることだけが自分の叶わない幸せと思い込んで、手に入れた先のことなんて考えてなかった」

萌はやけに落ち着いた様子で、そっか、と小さく頷いた。

「永遠子、そうだったんだ。なるほどね」

「なんか、やけに納得してるみたいだけど」

と私は訝しんで言った。

「だって永遠子の恋愛って、ずっと、たしなみみたいだったから」

店内は騒々しくてオーダーも一声では上手く通らないくらいなのに、萌の声だけははっきりと耳に届いた。

「たしなみ？」

「そう。高校のときとか、他の子たちがたしなみとして、特に好きでもないけどバイオリンとか茶道とかお金かかる習い事してるからびっくりするって、永遠子はよく笑ってたけど、私は永遠子の恋愛ってまさにそんな感じだな、と思ってた」

私はしばらく口がきけなかった。

「でも、さっきの話だと、手に入ったんでしょう。だったらハッピーエンドじゃない？」

「私は駄目なんだよ」

と打ち明けた。

「気に入ってる靴でも、他人より安物を履いてると思ったら、翌日にはブランド物に買い替える人間なんだよ。それって保守的で見栄っ張りな価値観を固持する父に、結局はどこかで影響を受けているんだと思う」

萌はこともなげに、そんなもんじゃないの、と言った。

「私だって、子供の父母会のときには長いスカート穿いて髪の毛縛って、運動会には大嫌いなジーンズとスニーカーも履くし。ママ友に合わせてブランド物だって、持ったり持たなかったりするよ」

「ピンヒールしか履かなかった萌がスニーカー？」

私は肩の出たニットワンピース姿の彼女を見返して、訊いた。

「そうだよ。むしろ最高の好きだけで生きなくていいことが、大人になって楽なことの一つだと思うけど。その分の時間を、皆、家族とか仕事に使ってるんだよ」

目の前に山盛りの漬物の皿が置かれた。ちょっと量多くない、明日絶対に塩分過多でむくみがヤバいよね、と二人とも急に砕けて言い合った。

私は笑った後で、ふうと息をついた。

「萌は頼もしいね。そんなふうにちゃんと納得して、子供だって二人も育てて。命ある者を育てるって大変なことだから。私なんて先のことも考えられない相手が好きだとか言ってるのに」

「永遠子の仕事だって、相談しに来る人の中には命がかかってる人だっているでしょう。恋愛に溺れて酔っ払ったって、翌朝にはちゃんと仕事するくせに」

萌が冗談交じりに私の肩に軽くぶつかってきた。そして、ふいに、永遠子はすごいからね、と子供を誉めるように微笑みかけた。制服を着ていた頃と今の萌の顔が二重写しになり、郷愁にも似た思いがこみ上げた。

「ありがとう、頑張って仕事するよ」

とだけ私は笑って返した。

会計をして、今日は私が多めに払った。

小田急線改札の前で別れるまで、萌は、好きな相手は誰なのか、とは聞かなかった。私もきっとこの先も言わない。

思えば萌がたぶん高校では仲間外れにされていて私と仲良くなったことも、私が付き合った教官から自己保身のために一方的に切られる形で別れを告げられたことも、互いに気付いていた。

理解しているからこそ口に出したら傷つけてしまうボーダーラインを、綱渡りのように踏み外さないようにしながら、会えば、私たちは食べて喋り続けてきた。

萌の夫が言う、友情、とはたぶん形が違うけれど、だからこそ私たちは好きなものだけを選ばなくても生きていけるのかもしれない。そう考えながらJRの改札口を通り抜けた。

適当に顆粒出汁と醬油を入れたお茶漬けは、白湯のような味がした。少しでも梅干しの風味を出そうとしてレンゲで潰していたときに

「俺、子供ができたんだ」

と晴彦から打ち明けられた瞬間、口の中の薄味を耐えられないくらいに不味く感じた。

私はレンゲを置くと、放心して晴彦を見た。

どこかで本当は浮気なんてしていないんじゃないかと思っていた。疑わしいものは大抵黒だというのは、私自身が離婚訴訟で嫌というほど学んだことだったのに。自分のことだとやっぱり目が曇る。

それにくらべて萌は鋭いな、などと他人事のように感心していたら

「ごめん。だけどやっぱり俺、自分の子供が欲しかった」

晴彦はソファーに座り込んだまま項垂れた。

ひどい話を聞かされているのに、この人って本当に分かりやすく肩を落とすな、と気付いたら、なんだか気持ちが冷めていた。動揺もおさまってしまい、私はいつものように答えた。

「分かった。もう、大丈夫」

こんなときくらいは感情で向き合いたいのに、頭の隅では銀行口座やパスポートの変更手続きが面倒だとか、離婚したら生命保険の受取人を誰にしようとか、このマンションは賃貸で出すか売るかといったことを考え始めていた。

さすがに違和感を覚えたのか、晴彦のほうがなんだか必死になって言った。

「いや、さすがに大丈夫じゃないことだから。慰謝料とか、あ、もちろん君のほうがプロだから分かってると思うけど、できるだけ永遠子のしたいようにしてもらえたら」

最後まで叶えられないことを口にする彼に、私は安心さえした。分かっている。私たちは変われないのだ。

「それはちゃんと上手く公平になるようにやるから」

「公平とか、ないよ。俺が一方的に身勝手なことを」

一方的に身勝手なことをして加害者になりたくなかったから、この人はずっと選べなかったのだ。離婚することを。

結婚当初、晴彦は子供を欲しがっていたのに、私の卵子に問題があって自然には作れないと分かった日から、私たちは分断された。いや、その前から目に見えない分断はきっとあったのだろう。そこに分かりやすい名前がついただけで。

「どうして、君は責めないんだろう。いつもみたいに」

責めたことなどなかった。傷つける対話はいつも彼から始まる。だけど認識は当人だけのものだ。

「私も好きな人がいるから」

椅子に腰掛けたまま打ち明けたら、肩の荷が下りた気がした。

晴彦はあきらかに拍子抜けした様子で、ふいに声を大きくした。

「じつは、俺、内心そうじゃないかと思ってたんだ」

「そうなの？」

と私は今日初めて驚いて訊き返した。

「うん。だって、不自然だと思ってたんだよ。いくら親戚だからって、千葉の外れまで頻繁に泊まりで出かけていくなんて」

私は立ち上がって、晴彦の元へと歩み寄った。ソファーに腰掛けたままの彼は両膝に手を置いた。

「誰と会ってたの？　今さら、俺も怒ったりしないから」

私は軽く黙った。

「もしかして俺の知ってる人？」

「それは、遼一さんだから、知ってるけど」

「え？」

晴彦は場違いなほど間の抜けた声を出した。それから、数秒遅れで問うた。

「いや、ちょっと待って。さっき好きな人って」

「そう、遼一さんと会ってた。スパ付きのシティホテルは嘘で、自宅に泊めてもらってた」

ようやく理解した彼は漫画のように目を見開くと、もはや自分の浮気話などどこかにいってしまったかのようにまくし立てた。

「え!?　や、だって、遼一さんってあの、実の叔父さんだろ。本当はお祖母さんの連れ子かなにかで再婚してて、永遠子とは血がつながってない……わけでもないよな？」

「そうね」

と私は認めた。

「年齢だって、永遠子の何歳上だよ」

「十八歳」

晴彦は険しい表情を作ると、私を上目遣いに見た。

「永遠子、正直に言ってほしい。それは、考えたくないけど……もっと子供の頃に遼一さんから変な目にあわされて、今も関係がずっと続いているとか、本当は逃げたくて助けてほしいとか、そういう話じゃないのかな？」

私は首を横に振った。

「俺、わけが分からなくなってきたよ。理解したいけど、でも、できないよ」

晴彦は泣き出しそうな目をした。

「気持ち悪いとか、思わないの？」

その瞬間、こめかみのあたりでなにかが切れるような音がした。体がふるえて、父に左耳を殴られても素直に泣けなかった夜の分まで涙が流れた。

「気持ち悪いと思ってないと、思ってるの？」

遼一さんを欲望する自分とそれを受け入れ続ける遼一さんの両方が、世間的には到底看過できないほど気持ち悪いことなど分かっている。一回り以上も離れた実の叔父と姪がセックスしていることも、その動機が幼く未熟なことも。

嫌悪を蛇のように丸のみしても、私は欲しかったのだ。遠い夏の夜の救いと手のひらを。

晴彦が立ち上がった。そして黙ったまま泣いている私に向かって、緊張した面持ちで右手を差し出した。

なぜか頭を彼の胸に引き寄せられて、片腕で抱え込まれた。

気持ち悪いって言ったのに、と鼻声で呟いた。私の涙が晴彦の白いシャツの胸に染み込んでいく。

彼は迷ったように何度か息を呑み込むと、いや、と答えた。

「分かったから。本気だっていうのが」

静かに涙が止まった。ずっと、誰にも伝わらないと思っていた。

「俺とのことで、永遠子が泣いたところを見たことなかった」

記憶を遡ってみても、たしかに思い当たる場面はなかった。それが信頼し合って結婚したもの同士としては歪《いびつ》だということに気付かないほど、私もまた晴彦を見ていなかったのだと思い知らされた。最初から。

「一年くらい前に、自然に子供ができないならどうしようかって話になったとき、永遠子、べつにいらないって即決したのを覚えてる？　俺、あのとき、本当はすごいショックだった。勝手かもしれないけど、俺の遺伝子ごと拒絶された気がして。たしかに男が女の人に代わって出産することはできないけど、それってつまり、男はパートナーに受け入れられなかったら、一生、自分の子供は持てないっていう意味でもあるんだよ」

私は遼一さんだけに恋をした。そして結婚するなら晴彦以外は考えられなかった。晴彦となら真の愛じゃなくても、理性と役割で上手く協力していくことができると思ったのだ。

「だから、違う相手と作ることが正しいとは思わない、けど、私も間違ってたね」

私はその胸から顔を離した。

「遼一さんとのこと、気付いてやれなくてごめん」

と謝られたので、私は、そんなことない、と首を横に振った。

晴彦と結婚して、私は遼一さんに触れることができた。それなら晴彦と別れたら、遼一さんとも離れていくのかもしれない。無関係なようでいてすべては必然的に繋がっているものだから。

夢を叶えてしまった先も、それを打ち明けてしまった後にも、私にとって最悪の破滅は訪れなかった。以前から少しずつ進行していた現実が形を成しただけだった。

あれほど手放したくないと思っていた遼一さんの顔を思い出そうとしたら、なぜか夜明けの部屋で鏡に映り込んだ二人の脚が浮かんできた。日焼けして筋肉のついたふくらはぎと、それに比べたら白く頼りない太腿が絡まり合い脱力していた。まるで二体の死体のように。

私と晴彦は、お茶漬けの茶碗が残ったままのダイニングテーブル越しに向かい合った。そして離婚後の財産分与について話し始めた。

さよなら、惰性

浅黒い背中を思い出しながら、千葉方面へ向かう電車を見ないふりして改札を出た。

駅直結のショッピングビルの地下は、総菜売り場が充実している。フロアを歩き回り、目に留まったサラダや白カビのチーズを買い物カゴに入れていく。

右肩に仕事用のトートバッグを掛けて左手にエコバッグを提げた私は横断歩道を渡って、徒歩七分のマンションまで駆け足で帰った。

リビングに飛び込んで、明かりをつける。木製の家具にいくつかの北欧雑貨が彩りを添える1LDKの室内が浮かび上がった。

年明けに離婚して、元夫の晴彦《はるひこ》と住んでいた分譲マンションを売却した。この賃貸マンションに一人で移り住んで、もうじき半年になる。

マリメッコの花柄のクッションカバーやカラフルな食器を選んだのは、見ているだけで元気が出る物を置きたかったからだ。そうしてどことなく可愛らしい空間が出来上がったのは、自分でも少々意外だった。以前のグレーと黒を基調にしたインテリアを振り返ると、記憶の中ではすでに他人の家の風景のようだった。

思えば出会った頃に晴彦が私を「かっこいい」と誉めそやしたこともあって、無意識のうちにそのイメージに寄せようとしていたのかもしれない。

コンパクトな楕円形のダイニングテーブルにエコバッグを置いて、冷房をつける。寝室で夏物のスーツを手早く脱ぎ、腕の中に部屋着を抱えた私はバスルームへと向かった。化粧を落として全身を洗い、Tシャツとロングスカートに着替える。ドライヤーで髪を乾かして眉を描いたタイミングで、インターホンが鳴った。

ドアを開けると、小顔な青年が立っていた。

「永遠子《とわこ》さん、ごめん。いきなりお客さん先から打ち合わせを入れられたせいで、遅くなって。これ、約束したスパークリングワイン」

額に汗を浮かべた彼は気遣うような笑みを向けて、紙袋を差し出した。

「ありがとう。私もさっき帰ってきたところだから。スパークリングワインに合わせたチーズは買っておいたよ」

彼は恐縮したように、仕事で大変なのにごめん、けど嬉しいな、と繰り返して身を屈めた。彼の脱いだ革靴と私のパンプスが並ぶ。手足等のパーツもそこまで大きくなくてほっそりしている志文《しふみ》君の靴の大きさは私とそこまで違わない。

私がフランスパンを切っている間に、彼は野菜室にあったキノコと冷凍のシーフードミックスを使ってアヒージョを作った。ニンニクの香りが強烈に食欲をそそる。

スパークリングワインを開けて、アヒージョを食べた私は、ん、と頷いた。

「これ、味がしっかり付いてるけど、塩とオリーブオイルだけ？」

「ううん、刻んだアンチョビ入れてる」

彼は説明しながら明太子のディップをフランスパンに塗った。ちなみにそちらも彼が準備したものだ。

「志文君ってすごいね」

私が呟くと、彼はきらきらした目を細めて照れ笑いした。

「これくらいは大学時代に飲食店でバイトしてたら、簡単にできるって」

「即席でぱっと作れるのはすごいって。尊敬する」

「俺も永遠子さんが美味しそうに食べてくれるのを見てるの、好きだな。だけど前の旦那さんはあんまり料理しない人だったの?」

「いや、そんなことはないよ。私が料理下手だから、ほとんど向こうが作ってた。むしろ私がたまに作っても、向こうは手をつけないことも多かったし」

私はグラスに口を付ける前に答えた。そして桃にも似た香りのスパークリングワインを飲み下した。

「まあ、平日は忙しいから、お互い、勝手に別々に食べることも多かったけど」

そう説明すると、彼がふいに真顔になった。

「もしかして永遠子さん、俺が来るようになって、仕事に影響してる? 無理に早く帰ってきたりしてない?」

「ううん。いま都内の法律事務所は数も多いし、年中忙しいわけじゃないから。一人の生活に困らない程度には安定してるから、心配はいらないけど」

志文君はフォークをいったん取り皿の上に置いた。

「一人の生活なんて言わないで。俺はいつでも一緒に暮らしたいと思ってるよ。永遠子さんさえ良かったら、いつでも代々木上原の実家に遊びに来てほしいと思ってるし」

と彼は澄んだ目をして言い切った。

「それは、私も嬉しいんだけどね」

私は志文君の視線を受け止めつつ、言葉尻を濁した。若く見られすぎると営業先で舐められるから最近前髪を上げるようにしたという顔には、まだシミどころかホクロ一つない。

「さすがに年明けに離婚したばかりで、それはまだ、どうかなって。志文君のご実家の印象もあるし」

などと言い聞かせると、彼はかえって尊敬の念を強めたように

「そういうことに気を配ってくれるのも、永遠子さんの大人で素敵なところだし、ちゃんと考えてくれていたことが、今、俺すごく嬉しい」

などと熱く語られて、私は軽くこめかみを掻いた。

「まあ、年上だしね。志文君よりは」

「五歳しか違わないよ」

「五歳はけっこう大きいよ」

私は笑った。彼は少々不服そうにしかめ面を作った。

グラスを傾けながらふと、遼一《りょういち》さんもこんな気持ちだったのだろうか、と考えた。

血のつながりだけじゃなく、年齢差が隔てるものもある。それに対する達観や諦めはきっと年下の私からは見えない景色だった。

まだ自分が過去のほうを向いていることに気付き、食卓の上から目をそらした。

色鮮やかなケーキがガラスケース越しに並ぶ店内で、萌《もえ》は先に着いて待っていた。

数カ月ぶりに会った彼女はなんだか雰囲気が変わっていた。長かった髪を肩の上まで切って、ところどころ金髪に染めていた。

「髪型、ずいぶん変えたんだね」

私は向かいの椅子を引きながら言った。

「韓国ドラマに影響を受けて。ママ友には意外と好評なんだ」

「へえ。たしかにお洒落だよ」

萌は頬杖をついて軽く宙を仰ぐと

「今のうちに方向転換しないとねー。いつまでも若い子気分だと、年齢重ねてしんどいし」

とひとりごとのように言った。

髪を切って一回り小さくなった萌の顔をそっと見る。以前は垂れ目とふっくらした唇に似合う長い髪が、独特の甘さを醸していた。今の彼女はたしかにそういったものを切り離しつつある。

私はメニューを開いて、檸檬ムースのケーキとアールグレイを注文した。

お互いのケーキとお茶が運ばれてくると、萌は紙エプロンを膝に広げた。

「永遠子は甘い物はそこまで食べないのに、付き合ってくれてありがとうね。一度ここの檸檬ケーキを食べてみたかったんだ」

「ちょうど良かったよ。最近は部屋で飲むことが増えて、外でのお酒は減らしたいと思ってたから」

彼女は好奇心を抱いたような笑みを浮かべて、へえ、と相槌を打った。

「誰と部屋で飲んでるの？」

私はティーカップを置いた。

「じつは最近、部屋に遊びに来る子で。一応、付き合ってる」

「それ、すぐに分かったから」

萌は、座席に置いた私のチェーンバッグを確かめるように見た。

「年下で、料理好きで、わりとお洒落で背が高い人でしょう」

「千里眼か。と言いたいところだけど、最後だけ外れ」

私は半ば感心して言った。萌は残念そうに笑って息を吐いた。

「でも良かった。永遠子、離婚する前は色々悩んでたせいか、変にやつれた感じだったから。すっかり血色が良くなって、つやつやしてるね」

「それは太ったっていう意味では」

最近たしかに年下の志文君に合わせて食事の量が増えて、頰が若干ふっくらしたとは思っていたのだ。

「いいんだよ。一時ちょっと痩せすぎだと思ってたし。服装も変わったね」

苦笑して、はい、と答える。

「ヒールが異素材のサンダルも、形が変わってて可愛いね」

「本当に？　足の形が合うからブランドは前と同じだけど」

「そうなんだ。じゃあ、その中で選ぶものが変わったんだね。前よりいい」

彼女は、本当だよ、と念を押した。それからあらためて言葉を探すように、何度か手元に視線を落とした。

「前はなんていうか、無難なものを必要以上に地味に合わせてる感じだったから。永遠子の仕事のＴＰＯを考えたら、それが正解なのかもしれないけど」

その表現でなぜかまた遼一さんのことを思い出した。

離婚が決まったとき、私は彼にそのことを直接伝えなかった。報告という建前を越えて、なにかしらの選択を迫っているように聞こえるのではないか。そう考えたのだ。

そして、彼が責任を感じているからこそ、きっぱりと決別を告げられたら――離婚の傷もまだ残る今の自分が冷静に受け止められるか分からなかった。

それで、逃げていた。

先月、父から電話がかかってきて、遼一さんに離婚の話をしたことを知らされた。

「おまえ、怪我の保険がらみで遼一と連絡を取ってるのに、晴彦君と離婚したことを言ってなかったのか。べつに言いふらすことではないにしても、結婚のときにお祝いをくれた相手にはこれこれと事情を伝えて、上手くいかなかったことをきちんと詫びなさい。だから最近の若者は礼儀がなってないなんて言われるんだ」

晴彦に裏切られたのは一応こちらなのに詫びろなんて時代錯誤も甚だしいと思ったが、父が言いたかったこととは違う意味で、遼一さんに不義理をはたらいたのは事実だった。同時に、彼もまた父から聞き知った後も連絡して来ないのだったら、そういうことなのだと悟った。

苦しさを見ないふりして一人の生活にも慣れ始めたときに、志文君と知り合った。

晴彦がワイングラスに埃が付いていたと指摘した銀座のレストランが閉店になり、そこに居抜きで入ったスペイン料理屋で私たちは出会った。

計十人の独身ワイン会という集まりに参加したのは、ビルのオーナーが所有している賃貸マンションの立ち退きをめぐる案件を私が担当したご縁からだった。さらに新しい相談事を引き受けたばかりのタイミングで誘われたため、私は半ば仕事上のお付き合いという気持ちで参加を決めた。

ところが新しくなった店はすっかり心地よい空間に様変わりしていた。接客の上手な夫婦がやっていて、ワインの持ち込みもできて、シンプルなイカ墨やグリンピースのパエリアがとても美味しかった。

そこにバツイチの上司に連れられて来たのが志文君だった。

ワインを飲み始めてすぐに志文君の上司が、女性弁護士さんですか、と私に興味を示した。事務職や派遣の女性が多かったので、普段から珍しがられる私の肩書きはよけいに目立っていた。

彼との会話の合間に、ワインを口にした私が
「あ、このワイン、美味しい」

そう呟いたとき、斜め向かいの席の志文君が目を輝かせた。

「それ、俺が持ってきたシャブリです」

「そうですか。シャブリって、飲み口が硬い印象があったんですけど、これは柔らかい」

「かなり調べて購入したワインなので、そう言ってもらえて嬉しいです」

志文君は私のグラスにワインを注ぎ足した。着ているシャツのボタンやジャケットのシルエットがさりげなく凝っていた。

「お洒落ですね。スーツってオーダーですか？」

彼は言い当てられたことを喜ぶように、ハイ、と笑顔になって相槌を打った。

「そんなに高いものじゃないんですけど、うちの会社はスーツまでこだわる人間も多いので」

外資系の会社で勤務地は赤坂見附と聞いて納得した。

帰りがけ、志文君から連絡先を交換してほしいと言われた。

そして翌週にはイタリアンとワインバーをはしごして、その翌週は日本酒の揃えがいい居酒屋に行き、四ツ谷駅のホームで王道かつ爽やかな「永遠子さん、俺と付き合ってください」という告白をされた。

梅雨明けの台風が近付いている晩で、ぬるい強風がホームまで吹き抜けていた。前髪が崩れていくのを気にも留めずに好きだと言った志文君に対して、私は初めて好感を抱いた。

いつもそうだ。出会い頭は誰しもが礼儀正しく積極的に振る舞うから、私はそんな彼らの個体差を識別できない。生理的に嫌じゃないという基準しかない私は究極、好かれてさえいればyesというのかもしれない。

「私は志文君よりも年上だし、この年齢で一度もう離婚してるけど」

「そんなことは、俺、まったく気にしないよ！」

即答した志文君に気圧されて、これほど真正面から男性に告白されたのは初めてだったこともあり、頷いていた。彼ははしゃいで、その場で私を抱きしめた。

「俺、なんでも対等に話し合える頭のいい女性に憧れてたんだ。永遠子さんは理想の女性だよ」

髪を切った直後の短い毛のように耳の穴に紛れた言葉は、耳ざわりがいいようでいて、なぜか微妙に心地悪かった。掻き出すように首を振って、笑い返した。

萌がケーキを食べながら
「彼とは何歳差なの?」

と訊いた。

「五歳下。渋谷区育ちで、小柄ですらっとしてて、たしかにお洒落だよ」

彼女は、珍しいね、と呟いた。

「永遠子の付き合う相手って、一貫性がないわりにがっちりした体型は共通してたから。けど、いいなあ。離婚して、新しい恋愛が始まって、一番楽しい時期だよね」

私は頬杖をついたまま訊いた。

「萌もなにかあったの?」

彼女は曖昧に、ううん、と濁した。

ケーキは美味しかったけれど、その日の萌の喋り方は本音を隠したように淀みがちで、店を出ると、なんとなくそのまま解散した。

「永遠子さん、考え事してる?」

私の裸の背に抱きついた志文君が、背後から顔を覗き込んだ。

たしかに私は上背の立派な男性と付き合うことが多かった。こんなふうに子犬みたいに重なってじゃれ合うのは初めてで、背中に熱を感じた私はリモコンを手にして冷房の温度を軽く下げた。

「うん。女友達のこと」

と私は答えた。窓の外は雨が降っていて室内も常夜灯だけのせいか、自然と声も潜めたものになる。

「永遠子さんの友達かあ。俺も会ってみたいな」

彼が屈託なく言うので、そのときだけ晴彦の渋い表情が浮かんだ。

「いいけど、私とはけっこうタイプが違うよ」

「いいよ。永遠子さんのことを好きな人たちで飲めたら、楽しそう」

私のことを好きな人たち、と心の中で繰り返す。

「志文君は心が広いよね」

「そうかな。そう思うのは普通じゃない?」

もしかしたら自分で思っている以上に、ふつう、を知らないのかもしれない。

翌朝は交代でシャワーを浴びて、二人そろって朝の改札を通った。

混雑したホームで横並びになると、志文君の左肩がなんだか頼もしく見えた。人とぶつかりそうになるたびにさりげなく気を配られて、守られている気分になる。

駅前の広場を見下ろすと、雨上がりの日差しが乱反射していた。バスの屋根、行き交う人たちの額の汗、濡れた路面のタイル。街路樹が光を帯びていて、目が眩むほどだった。

「あの大きな木って、桜かな?」

隣で志文君が言った。私はじっと観察した。

「トウカエデだと思うよ」

「永遠子さん、詳しいね」

電車が到着するというアナウンスが急にけたたましく響いた。

「実家の近くは自然だらけだから。細い木の幹には枝葉が全然なくて、上向きに髪を尖らせたように葉が茂っている感じが、そうかなって」

説明しながら、こんなふうに会話して初めて気付く景色もあるのだな、と思う。晴彦とは出勤時間がずれていたので、結婚していた頃の平日の朝は一人で気を張って出社していた。

いつも満員電車に乗るときには背中を押してくる男たちも、志文君がいる今朝は現れなかった。満員の車内で
「永遠子さん、大丈夫?」

志文君から気遣うように背中に手を添えられて、私は笑顔で頷いた。それから少しだけ複雑な気持ちになった。

父の反対を押し切って弁護士になり、性別関係なく稼いでいることを私は思えば心の寄りどころにしてきた。晴彦と浮気相手の間に子供ができたと聞かされたときだって、自分には仕事があったことで、惨めな気持ちにならずに済んだ。

それなのに今、自分よりは強くて若い肉体を持つ男性が楯になってくれることに私は安堵を感じていた。楽だとさえ思ったときに、ずっと世の中の女性を誤解していたのかもしれないと悟った。

問題を抱える女性相談者には、経済的な面で自由になるのが難しいケースも多い。私の勤める事務所の相談料は良心的な価格設定で、今はＺｏｏｍの相談にも対応しているので、地方住みの女性相談者も年々増加傾向にある。

彼女たちの話を親身になって聞きつつも、私は不思議だったのだ。どうして厄介事から逃げられるように、これまでの人生で手に職をつけようと思わなかったのかと。きっと元々は幸せだった人たちなんだな、と安易に考えていた。

だけど近しいものに傷つけられながらも守られる部分と、自立の代償として外の世界から傷つけられたり奪われたりすることを天秤にかけたとき、とりあえず守られることを選んでしまうのはけっして無邪気な選択ではなかったのかもしれない。

離婚して、未婚の独身時代とは違う意味で一人になって、やっと分かった。

たしかに私は努力した。だけど努力できる強さと環境が揃っていたことを無視してそう自負するのは、精神的にとても幼いことだったと。

「ですからね、息子が水商売の女に貢いで、私たちが死んだら先祖代々の土地を売り飛ばす約束をしているなんて、そんな罰当たりな話はないと思うんです。私も娘夫婦からそのことを訊かされて、ええー、なんて腰が抜けるほど驚いて。私一人が主人や娘から、男の子を甘やかすからだ、なんて責められて。そんなことを言っても、男の子のほうが弱いじゃないですか」

依頼者の話の合間に、私は三度ほど相槌を打ってから
「それで、一度は生前贈与で息子さん名義にした土地を、ふたたびご主人の名義に登記し直したいというわけですね」

と取りまとめた。

「そうなんです。そうしたら娘夫婦が言うには、名義変更もろもろ含めて三百万かかるって！私たち、また腰を抜かしそうになって。だって元々私たちの土地なんですよ。それなのに、なんでそんなにお金がかかるんでしょう。それでカルチャースクールのお友達に相談したら、娘夫婦が私たちのことを騙してるんじゃないかっていうんですよ。それで高畑《たかはた》さんからのご紹介で、こちらにお電話したんです」

私はまた三回ほど相槌を打って、パソコンに依頼内容の詳細を入力した。

その間も依頼人の女性は喋り続けていた。長年愛用しているようなくたびれ方の黒いサマーニットに上品なエルメス風のオレンジ色のスカーフを巻き、白い髪はボリュームこそないものの、丁寧に整えられていた。目立った宝飾品は身に着けておらず、ダイヤのついた指輪を一つだけ左手の薬指に嵌めている。浪費癖はないが金銭的な余裕はある中流家庭の雰囲気を感じた。

「息子さんはこれまでご結婚はされていなくて、お子さんもいないんですよね」

そう確認すると、彼女は恥じ入ったように渋い顔をした。

「息子はいい歳して面食いで、美人じゃなきゃいやだ、なんて昔からうるさくて。でもやっぱりいい年齢になっても独り身だとね、常識がなくなるというか、淋しくて魔が差すのかしら。

今だって仕事なんて自宅にいてインターネットでなんだか物を売って稼いでるだけで、私たちが死んだら、いったいどうするのか、もう考えないようにしています」

淋しくて魔が差す、という表現に差しかかったときだけ、そうなんですね、と私はやんわり受け流した。

帰宅してエレベーターの前に立っていると、郵便受けの下から男の子がつんのめって歩いてきた。後ろから追ってくる母親を振り返ることなく、男の子は私の足にしがみつくと
「まま?」

と顔を上げた。私が笑うと、栗色の前髪が真ん中で割れて、びっくりしたような瞳がのぞいた。

男の子はさっと離れて動揺したように振り返った。

「すみませんー。よし君、ママじゃないでしょう」

よし君と呼ばれた男の子は母親に駆け寄ると、お尻を振りながらもじもじと母親のスカートのひだに顔を埋めてしまった。幼児にも羞恥心はあるのだな、と私は面白く感じた。

「いいえ」

と首を振り、三人揃ってエレベーターに乗り込む。

「何階ですか?」

「ありがとうございます。四階です」

そんなふうに言葉を交わす間も、よし君は恥ずかしそうに母親のスカートにしがみついていた。

夜にやって来た志文君に、そのことを話すと

「へえ。そのお母さん、永遠子さんに似てたのかな」

彼はビールを飲みながら訊き返した。私はちょっと考えて、ううん、と答えた。

「スカートの色が同じ紺色だっただけ」

「そうかあ。子供は目線が低いからね」

小さな子に詳しいような言い方だったので、私は質問した。

「志文君って、子供と接する機会があったりするの？」

「うん。姉貴の子供が二人いるから。お義兄さんが美容師で土日も仕事だから、人手が足りないって言われて、よく駆り出されるんだ」

初耳だったので、へえ、と頷く。

「私は一人っ子だからな」

「永遠子さん、親戚のお子さんとかはいないの？」

私はパスタをフォークで巻く手を止めた。

「うん。父方の叔父は独身で、私の母親も一人娘だから」

志文君はなぜかそこだけが気にかかったように
「独身の叔父さん？」

と訊き返した。

「うん。なんで？」

彼は口元に軽く拳を当てると、ごめん、とかぶりを振った。

「え、なにが、ごめん、なの？」

急激に胸がざわついて質問を重ねると、彼は幾分か話しにくそうに
「じつは俺の身内にも、独身の叔父がいて。働きもせずに昼間からお酒飲んで引きこもりみたいな生活してるから。面倒みてる祖母が死んだらどうするんだろうって考えるんだ」

と打ち明けた。遼一さんとの秘密にはなんの関係もないことが分かり、悩んでいる志文君には申し訳ないが、内心ほっとした。

「ごめん。シリアスな話だから、食事中にどうかと思ったんだけど」

「いや、大丈夫だよ。最近も仕事中にそういう話を聞いたばかりだし。独身男性の老後って、家族も含めて深刻な問題だよね」

「うん、まあ、そうはいっても自業自得だけどね」

その単語が引っかかって志文君の表情をうかがう。撤回する様子もなかったので、身内だから手厳しくなるのは仕方ないのかもしれないと考え直しているうちに
「永遠子さんの叔父さんはどういう人なの？」

と訊き返された。

遼一、と言いかけて、反射的に舌を引っ込める。

「叔父さんは真面目に働いてるよ。お酒は好きだけど」

「そっか。永遠子さんも仕事熱心だし、お酒好きだしね、そういう家系なのかな」

と志文君は楽しそうに言った。そういう家系、という表現に他意はないと分かっていても、また引っかかってしまい、相槌を打つだけに留めた。

「健康で働けるってさ、ありがたいことだよね」

志文君が真っ当な台詞をしみじみ口にしたので、私は、そうだね、と頷いた。

就寝前のセックスが終わって志文君が寝息を立て始めると、私はベッドに腰掛けた。木製のブラインド越しにヘッドライトがまばたきのように闇を弾いては、消えていく。

茶色い紐を引き、中途半端に開いていたブラインドを閉じる。

なにも不足はない。問題もない。

だけど、と考える。この恋愛が萌に以前指摘された「たしなみ」ではない根拠はどこにもない。

さっき食べたパスタが落ちた胃のあたりをさする。日々外からものを飲み込み、そこから得るたんぱく質の情報はいったん粉々に分解されて吸収される。たくさんの新しい食料という情報を取り込み消化と吸収を繰り返す私の体は厳密にはいつだって昨日とは違う物質へと変化している。

結婚が強固なのは、毎日一緒に同じものを食べ続けることで、自分と相手を似た物質へと書き換えるからかもしれない。私と晴彦は暮らしていてもそれぞれに別々のものを食べることも多かったが、今は日々志文君と近い生き物に更新されている。

だからもう安い缶酎ハイと、冷蔵庫のありもので作った塩辛くて懐かしい炒め物のことなど、この体は忘れていいはずなのだ。


萌から電話がかかってきたのは、土曜日の朝だった。

志文君と遅めの朝ご飯を食べ終えたら、今ちょっと話せないかというＬＩＮＥが届いたので、彼に洗い物を任せて電話に出た。

「修司君《しゅうじ》がうちの実家を継ぎたくないって言い出した」

そう打ち明ける萌の背後で、波音と誰かの笑い声が響いていた。家の中では電話で話せないこともある不自由が遠かった。私はよく晴れた窓の外を見ながら、どうして、と訊いた。

「できれば実家を継いでほしいっていう話は結婚前からしてて、修司君もOKしてたんだよ。だから最初はうちの父親に教わりながら現場監督として入ってもらって、お客さんとの打ち合わせから大工さんや職人さんとのやり取りや、資材や住宅構造の勉強まで頑張ってやってたんだよ」

「うん。目に浮かぶよ。修司さん、きっと、そういう男気のある人たちに可愛がられるだろうし」

「最初は入り婿っていうのもあって相当舐められてたみたいだけどね。ここ最近は評判も良くて、うちで抱えている大工さんたちも、修司君のことは好意的に思ってくれてるのが分かるくらいになったの」

私はダイニングテーブルに片肘をついて、うん、と答えた。湘南という土地柄もあり、最近は在宅仕事が可能になったこともあって、移住希望者が増えて経営は順調らしい。

「だから父親がそろそろ修司君を役員にして、ゆくゆくは自分が引退しても大丈夫なように一級建築施工管理技士の資格を取るように提案したの。そうしたら修司君がまだ考えさせてほしいって答えたから、うちの親がびっくりして。それで、私が本人に理由を訊いてみたらね」

萌は言葉を切ると、ため息をついた。そして意外な表現を口にした。

「馬鹿馬鹿しい理由なんだけど、いい？」

「どうしたの？」

「修司君はこれから数年間は新しいことをやっても上手くいかない時期で、おまけに私の父親とは七冲《しちちゅう》の関係だから、二人が近付きすぎたら衝突して壊れるって」

　私は軽く宙を仰いだ。

「それって占いかなにか？」

「よく分かったね」

と萌は言った。

「お世話になっている材木屋の社長の知り合いに有名な占い師がいて、おまえもいずれ社長やるなら見てもらえって勧められて、お付き合いで行ったんだって」

　私は、はあ、と息を漏らした。独身ワイン会から占いまで、お付き合いというのは幅広いものだ。

「修司さんって、そういうのを信じるほうだっけ？」

　視界の隅で、洗い物を終えた志文君が手を拭いていた。私はスマートフォンを片耳と肩に挟んだまま両手を合わせてお礼を伝えた。

　彼は首を振ると、コーヒーカップ片手にテレビの前のソファーへと移動した。肌着の黒いTシャツから出た二の腕が、午前の日差しの中で光っている。志文君はなで肩で骨格が細いわりには鍛えている。

　最初に二人きりで食事したときに、「うちの会社は見た目の良い男が多いから、俺も土日のどちらかはかならずジムに行くようにしてるんだ」と言い切った志文君は、どちらかといえば女性よりも社内の男同士の目を意識しているように感じた。

「たしかに修司君って縁起がどうとか、心霊スポットは絶対に行かないとか、目に見えないものを本気で嫌がるほうかも」

という萌の説明で引き戻された。

「現実問題として、後を継がないっていう選択肢はあるの？」

と私は尋ねてみた。

「経営権はできれば身内同士で譲渡したいけど、うちの親も修司君にやりたいことがあるなら無理強いするつもりはないよ。けど、その理由が占い師に止められたからとは言えないでしょ。それを修司君に言うと、馬鹿にされてると思うのかな。だんだん険悪になってきちゃって。萌にとっては実の親だからいいけど俺はしょせん他人なんだよ、とか言われたら私だってなにも言えないし。ほんと、面倒くさい」

最後は本音が漏れ出た。最近の萌の憂鬱の理由を理解した。

「だけど、そういう想い込みとか信仰みたいなものが、一番、変えるのが難しいところでもあるよね」

「そうなんだよね。もしかしたら自分の力で手に入れたものじゃないって思ってるからこそ、他人の言葉で気持ちが揺れちゃうのかもしれないけど」

という分析が、いざというときには鋭い萌らしかった。たしかに実家の工務店を立派に大きくしたのは萌のお父さんで、その現社長との関係性に水を差されたら、不安になる気持ちも分からなくはない。私だって司法試験を受ける年の初詣はいたずらに不安にならないように、おみくじは引かなかった。

「俺なら大丈夫、なんて闇雲に思っているよりは真面目だと思うよ」

と私はやんわり言い添えた。

「まあ、ね。結局は修司君の自信のなさっていうところもあるのかな。蟹座の男の人って、世話好きなのはいいけど、傷つくと根に持つから大変なんだよね」

「ああ、修司さんって蟹座なんだ」

そういえば萌も昔から占いは好きで、時々熱心に雑誌の特集ページを読み込んでいた。似た者夫婦ではあるのだ。

「急かさずに、しばらく放っておこうかな。ありがと、永遠子。朝からごめんね」

萌はそう言って、電話を切った。私がテーブルの上にスマートフォンを置くと、見計らったように志文君がやって来た。

「ごめん。俺が泊まったの邪魔だった?」

などと真顔で訊かれたので、驚いて否定した。

「そんなことないよ。むしろ、洗い物もまかせちゃったし」

「いいよ、俺、皿洗い好きなんだから。一人で勝手にコーヒー飲んじゃってごめん。永遠子さんの分も淹れようか?」

「いいよ、自分で淹れるよ」

「いいって。俺がやりたいんだから。気が利かなくてごめんね」

志文君が気遣うような笑みを浮かべた。私は微笑んで、ありがとう、と答えた。志文君はいい子だけど、ごめん、の回数がやや多い。そこが少しだけ

――面倒くさい

そのタイミングで萌の声が蘇ると、自分がひどい人間のようでぎょっとした。

「あんまり気を遣わなくていいよ」

シンクに立つ背中に声をかけると、彼はなんだか聞いていないような口ぶりで

「お邪魔してるからいいの」

と手を動かしながら即答した。

そのとき萌からURLを添付したLINEが送られてきた。修司さんを不安に陥れた占い師のサイトらしい。ひらいてみると、個人の診断と相性占いが無料でできるようになっていた。

私は出来心で試しに志文君と私の生年月日を入れてみた。

詳細な結果を想像していたわりには簡易版なのか、内容は素っ気なかった。悪くもなければ良くもない。運命的な縁を感じるほどではなく、かといって大きな不一致や障害もない。まさに、可もなく不可もなく、といった結果だった。

なんとなく消化不良で、今度は晴彦との相性を調べてみた。

すると、価値観が似ている部分もあるが最終的に裏切り合いが起きて傷つけ合う相性、と書かれていて遊び半分だったはずの気分が凍る。

私は迷ったものの、遼一さんの生年月日を入れた。

志文君がコーヒーカップを差し出すと同時に、私は相性占いの画面を閉じた。

視線を上げると、彼がこちらを見下ろしていた。

「どうしたの？　変な笑い方してるけど」

「なんでもない。くだらない記事を読んでた」

彼は私の肩に手を添えると、なになに、と覗き込もうとした。

「俺も見たい。けど、先にキスしよ」

そう言って近付いてきた彼から、私は無意識に視線をそらしていた。

我に返り、傷ついたような顔に軽くキスし返す。彼は私を背後から強く抱きしめて、びっくりした、と呟いた。

「今、急に永遠子さんが遠く感じた。もしかして俺以外の男のことを考えてた？　前の旦那さんとか」

私はぶんぶん強く首を横に振った。こういうことを真っすぐに口に出せる志文君との相性は、たしかに晴彦よりは悪くないのかも知れない。

彼の淹れてくれたコーヒーを飲みながら、さっき読んでしまった遼一さんとの相性を頭の中で思い出す。


恋愛では互いに溺れるような関係になります。人生の転機となる言葉やきっかけをくれる人です。年齢を超えて尊敬し合えるため、結婚相手としても申し分ない――

やっぱり占いなどするものじゃないな、と痛感して、熱いコーヒーを飲み下した。

事務所に出勤してデスクでメールを開いた私はこめかみに痺れを感じて、手を止めた。

『御社の松島《まつしま》永遠子弁護士が、息子を私から無理やり引き離した件について告発したいと思います。松島弁護士と元妻の狂言・妄想・名誉毀損ともいえる暴言により、私は不利な社会的立場に追い込まれ、休職せざるを得ませんでした。元妻は松島弁護士の差し金で、SNSの匿名アカウントで私を中傷する書き込みを続け、それによって私は精神的にも追い込まれました。これは一社会人として到底許される行為ではなく――』

私は無意識のうちに組んでいた腕をほどいて、事務所代表の山岡《やまおか》先生のデスクへと向かった。

そして先日二年がかりで離婚が成立した依頼人の元夫から脅迫めいたメールが届いたことを報告した。

「それね、僕もさっき見たよ。事務所のFAXにも送ってきてるし、時間外に電話かけてきてるもんね」

山岡先生は大きな肩を揺さぶって、険しい顔を作った。

「今後なにか連絡がきたら、僕もCCに入れてもらってかまわないから」

「ありがとうございます。お忙しいときに申し訳ありません」

「いやいや。それよりも気をつけて」

私はデスクに戻りながら、気をつけるといってもなあ、と心の中で呟いた。依頼人の元夫とは調停中に何度も顔を合わせているし、この事務所の住所だってHPに載っているのだから、待ち伏せして私に危害をくわえようとすれば、いくらでもできるのだ。

帰宅してから、遊びに来た志文君にそのことを話すと
「え⁉　そんなことあったの？　言ってくれたら、俺、退社後に待ち合わせて一緒に帰ったのに」

と動揺したように言われた。私はコーヒーカップで緑茶を飲みながら、退勤時間を合わせるのも大変だろうし、と返した。

「だからって危ないよ。絶対にそいつ、永遠子さんが女性だから、そんなことを書き送ってきたんだよ」

「そうかもねえ」

それから職場で考えたことを口にしていた。

「だけど思ったんだ。私、子供とかいなくて良かったって。だって自分の身は守ることができても、子供は常に見張っているわけにはいかないから。そっちのほうがよほど心配だろうなって」

その続きを語ろうとしたとき、志文君が思い切ったように遮った。

「永遠子さんって、子供が欲しいとか思ったことないの？」

私はコーヒーカップを置いた。彼が目を細めて笑う。

「そろそろ湯呑み買わない？」

「これ、気に入ってるし。カップ一つですべて済ませたほうが、洗うときも楽だし」

「そんなの俺が洗うよ」

私が黙ると、彼も真顔に戻った。

「ちなみに志文君は子供欲しい人なの？」

「俺は、自分がこの世に生まれてきた意味を残したいとは昔から思ってたよ。国際経済学科で大学院まで進んで研究成果を残したいって考えた時期もあったし。自分の性格ならサラリーマンが向いていると思って就職して、そのことに後悔はないし今の仕事には満足してるけどね」

「そうだったんだ」

と私は呟いた。

「なにかの形で残したいとは今でも思ってる。それが自分の子供だったら嬉しいだろうな。そうだ、永遠子さん」

志文君が話題を変えるように明るい表情を作った。

「明日たまには遠出しない？　仕事ないんだよね？　俺もようやく大きな契約が成立して、ほっとしたところだから」

「ああ、いいね。今週末は特に裁判所に行く予定もないし」

私はコーヒーカップ片手に頷いた。たしかに始終二人きりで室内にいることもない。

翌朝に志文君と電車に乗り、なんとなく海へと向かうことになった。彼曰く
「海だったら神奈川方面が好きなんだ、俺。湘南もそろそろ海の家が建ってて楽しいし、行ったことないなら逗子や葉山も落ち着いてて、おすすめだよ」

ということだった。千葉方面に行きたいと言われなかったことにほっとして、私は湘南新宿ラインの中途半端に長い揺れに身を任せた。

逗子駅に初めて降りた。山と海に囲まれた街は、強烈な日差しと木陰が印象的なコントラス

トを生んでいた。

「避暑地って感じだねえ」

私は右手で顔に日よけをつくって言った。志文君がレンタサイクルを見つけてきた。Tシャツにワイドパンツで来てよかった、と私は思いながら自転車にまたがった。

「永遠子さんが自転車に乗る姿って新鮮だね」

と彼が面白そうに言った。私は漕ぎ出しながら答えた。

「弁護士になりたての頃は、事務所から裁判所まで自転車で行ったりしてたよ」

空は快晴で、自転車を止めると暑すぎて、まだ必死に漕いで風を浴びているほうがマシだった。海が見えてくると、迫ってくるような青さが視界を満たした。波打つたびに何万、何億という光の粒が水しぶきとなってきらめく。ハンドルを握る腕は焼けて、肌の色が濃くなり始めている。

美術館があったので寄ろうという話になった。駐輪場に自転車を止めて汗を拭っていると、志文君が手をつなごうとした。ハンカチを握っていたので、とっさに軽く振りほどくと
「嫌だった?」

と不安そうに訊かれて、私はハンカチを見せた。

「単純に、しまおうと思って」

志文君は私がバッグにハンカチをしまうのを見守ると、あらためて手をつないだ。何年もこんなふうに人前で男性と触れ合うことがなかったので、若干の不慣れと不自由さを覚える。それでいて強く求められることには、たしかにどこか暴力的な魅力があった。それが真の暴力に

ならないかぎりは、だが。

美術館は面白かった。志文君は色んな現代作家の作品を見ながら、「これは俺はちょっと理解できないな」とか、「この数字だけの展示はセンス良くて、かっこいいね」などとわりにはっきりとした好みを語った。

お腹が空いて、外に出た。自転車の鍵を外しながら

「永遠子さん、なに食べたい？」

志文君が眩しい笑顔で尋ねた。私はちょっと考えて

「来る途中に海鮮丼のお店があったから、そことかは？」

と提案した。彼はその場ですぐに店名をスマートフォンで検索した。

「Google の評価だといまいちかな。この先にカフェ兼レストランがあって、そっちのほうが良さそうだけど、どう？」

もちろんいいよ、と私は頷いた。

彼が調べてくれたお店はたしかに良かった。ランチプレートを頼むと、有機野菜のサラダと鶏むね肉の塩麴焼きに五穀米が盛られていた。こういうオーガニック系の店にしては量があった。食後に頼んだアイスピーチティーが口の中の脂を流してくれた。

店内はガラス扉が全開で、遠くの景色まで見えて、山からの風は涼しかった。

私はソファー席の背もたれに寄りかかって、緑の溢れた山を仰ぎ見た。隣の志文君がアイスコーヒーを飲みながら

「一緒に暮らしても、こうやっていろんなところに出かけたいな、俺」

と夢を語った。

私はお腹の上でそっと両手を重ねた。

「ずっと話さなきゃいけないと思ってたんだけど」

彼の表情が緊張したように強張る。

「私、自然に子供できる可能性がすごく低いんだって。離婚の直接の原因もそれだった。だから志文君が自分の子供を望むなら、お金も時間もかけて頑張るしかないことを、先に言っておきたくて」

彼は軽く息を吸うと、そうか、と小さく呟いた。それから、しばらく黙っていた。

その反応に一抹の寂しさは覚えながらも、アイスピーチティーを一口飲むと、肩が軽くなっていることに気付いた。

「永遠子さん」

私は、なに、とさっぱりして訊き返した。

「養子って、興味持ったことある？」

「はい？」

私が驚いて訊き返すと、彼は真面目な口調で続けた。

「もちろん永遠子さんとの子供が一番嬉しいけど、俺も血縁関係にそこまで固執しているわけじゃないんだ。正直そこまで自分の遺伝子が優れてるとも思わないしね」

思いもよらない返事に、そうだったの、と私は気のない相槌を打ってしまった。

「だけど昨日は残したいって」

「うん。それは俺が生まれた意味をなにかしらの形で残せたらいいって思ってるだけで、物理的に自分の子を残したいっていうだけの意味ではないんだ。だから血がつながっていない子供を育ててもいいし、仕事で世の中に貢献することでもいい。永遠子さんと俺が納得できるなら、どういう形でもいいんだよ」

彼は熱く語ってしまったことを照れるように真顔を崩した。

彼が真摯に話してくれたのは嬉しい半面、二人が納得できる形、という提案が上手く解釈できずにいた。そもそも私には一人でも生きられることに対する執着とヴィジョンしかないのだ。学費の面では親に感謝しているし、萌みたいな女友達や職場の先生たちに日々助けられているのは実感しているから、一人で生きているなんて驕りはさすがにない。けれど志文君と具体的になにかを「二人」で残すことが、自分にとって必須課題とは思えなかった。

志文君が何気なく言った。

「そもそも俺は、子供産んで専業主婦になりたいなんて女性のほうが嫌いだしね」

私はぼんやりしかけていた表情をふと引き戻した。

「なんで？」

女子大を卒業後は就職せずに実家の経理を担い、今は専業主婦をしている萌の顔がとっさに浮かんでいた。

「志が低いと思わない？　今時、最初から男に頼って楽に生きようとするのは尊敬できないよ」

「でも男性だって、外で心置きなく働けるのは、子育てと家事を女性側に頼ってるからだと思うよ」

「俺はそんなふうに奥さんに押し付けないよ。その代わり女性だって自立心を持って仕事してほしいと思ってる。平等ってそういうものじゃない？」

志文君は笑顔で問うた。たしかに彼は実家暮らしにしては珍しく料理が好きで、家事にも積極的だ。私は頬杖をついた。

「だけど、そもそも、就業者の正規職員の割合って平成元年からほとんど変わってないし、むしろ減ってるくらいなんだよ」

「え？　そうなの」

と彼は訊き返した。

「そうだよ。働く女性が増えたって言ってるけど、それは非正規雇用で働く女性が増えたっていう意味なの。一人で自立して生きていく社会的基盤が未だに弱いんだよ」

彼はしばらく考えてから、反論した。

「だけど、永遠子さんみたいに努力していて優秀な女性はうちの会社でも正社員として区別なく働いてるよ。社会的なバランスはまだ悪いかもしれないけど、全然、性差なんて感じさせない職場だって」

「じゃあ志文君の会社の男性は全員、たゆまぬ努力をしていて優秀なわけ？」

私の言葉に、彼は言葉を詰まらせた。他のテーブル席のお客が不穏な気配に気付いたように振り返って見てくる。

志文君は敏感に反応して、声のトーンを落とした。

「そんなことは、ない。なんでこいつを入れたんだって思う奴も、たくさんいる」

「女の人は努力して優秀だと認められて、やっと、そうじゃない男性と同じ立場になれるんだよ。性差を感じさせないんじゃなくて、性差に疑問を持たない人たちがいるからじゃない？ちなみに出産を機に離職する女性は未だに五〇パーセント近くを占めるみたいだよ」

彼はようやく口を開くと
「永遠子さんは、さすが、弁護士だね」

と苦笑した。

「どういう意味？」

「本気で、誉めてる。俺はあなたみたいに気が強くて頭のいい女性が好きだから。皮肉じゃなくて、本当に」

私は軽く頷いて、ありがとう、と礼を言った。わりにいつも忙しそうなのに愚痴も少なく、体型にも気を遣っている志文君はたしかに努力家だと思う。自分が出来ることは他人にも出来るはずだ、と無邪気に信じられるくらいには。彼の私に対する尊敬は努力した過程に対してか、それとも結果としての肩書きに対してなのかと一瞬だけ考えた。

不穏な沈黙を取りなすように店内のスピーカーから音楽が聴こえてきた。九〇年代を彷彿とさせるようなスタイルが今受けている女性アーティストの曲だった。風通しのいいラブソングが少し二人の間の空気を軽くする。

遼一さんが缶酎ハイ片手にこのアーティストを、若いわりに懐かしい色気を感じるんだよ、と語っていたのを思い出す。その横顔を私がにやにやして眺めながら、そういえばこの子って私にちょっと顔が似てない？　などと訊いたことも。

私は志文君に問いかけた。

「私、この曲を歌ってる子に少し似てない？」

彼は数秒だけ表情を床に落としたみたいに、ぼんやり考え込んでから
「ごめん。俺、洋楽以外はあまり聴かないんだ。だけど永遠子さんが好きなら、聴いてみようかな。おすすめの曲とかある？」

と訊き返した。

そういうことじゃない、と心の中で呟く。だけどそれは志文君が悪いわけではない。私が彼にベタ惚れだったなら、こういう言動に感激しただろう。

「永遠子さん。ごめんね。なにか気に障った？」

気が付くと志文君が心配そうに私の手を握っていた。その体温はあたたかくて、好かれていることは分かるから人肌に触れれば気持ちはいい。

汗だくになって自転車で帰り道を走っていると、違和感の澱は地面に振り落とされて体ばかりが軽くなった。それでもまた澱は溜まるのだ。

ホームで帰りの電車を待っているときに、唐突に志文君が訊いた。

「永遠子さんは今までに、この人の子供が欲しいと思うくらいに好きになった人はいた？」

私は暑さでいくぶんか朦朧とした顔を向けた。いっそ打ち明けてしまおうか、と考えた。それで変わるものもあるかもしれない。なにより私は嘘をついて生きることが面倒になっていた。

「むしろ子供ができないからこそ、事情があって付き合えない人とつながったことがあって、

それは」

電車が到着するというアナウンスが響いた。話が途切れ、黙る。二人でなにごともなかったように乗り込む。

三人掛けのシートに二人で座って落ち着いたタイミングで、私はまた口を開きかけた。

「さっきの話だけど」

「あ、それはもういいや」

左耳の聞こえが悪いから、微妙に言葉を聞き取り損ねたのかと思った。

「今、いいって言った？　どういうこと」

「なんか、予想外に重そうだし。俺、永遠子さんのことが好きだからこそ、あんまり知りたくないかも。それに過去よりも大事なのは今だしね」

私は三秒間ほど黙ってから、そうだね、と微笑んだ。彼がほっとしたようにスマートフォンを出して今日の二人の写真を一枚一枚開き始めた。それを見ながら、私はこの人がたぶん少し苦手だ、と思った。可もなく不可もないというよりは、もう少し決定的に相容れないと気付いてしまった。

帰りの電車内で私はほとんど喋らなかった。新宿の駅構内で乗り換えるときに、志文君がこちらをちらっと見た。

「このまま永遠子さんの家に行っていい？」

私は肩にトートバッグを掛け直しながら、ごめん、と言った。

「志文君は悪くない。でも私とは合わないって分かった。だから、ここで解散したい」

もめるかと思ったのに、彼は案外あっさりと
「そうか。分かった」

と聞き入れた。そして即座に踵《きびす》を返そうとしたので
「理由、訊かないの?」

と私は思わず後ろ姿に呼びかけた。聞いてもいいんだけど、と彼は足を止めて言った。

「よく、ふられるんだ、俺。だからその事実だけで十分だし、傷をえぐられるようなことまで知りたいとは思わないよ」

短い間とはいえ付き合った間柄で、さすがにフォローするべきか迷ったものの、新宿の街へと改札の開かれた南口駅構内は中途半端に開放感があって、話し合いに集中するには不向きだった。なにより、ほんの一時間半前に重い話を先に避けたのは志文君のほうなのだ。私の言い方も悪かったにせよ、さらに心を砕く気にはなれなかった。

そんな逡巡を見透かしたのか、彼はすねたように眉根に力を込めると、小田急線の乗り換え口に向かって歩き出した。引き留めてほしいのかもしれないとも考えたが、感情が蓋をされたように動かぬまま一人で中央線の階段を下った。


「年下の彼とはどう?」

週末だけ昼からやっている新宿のワインバルで、萌が二杯目のランブルスコを飲みながら訊いた。

私は、先週別れた、と答えた。

「え、もう？」

萌は驚いたように言うと、グラスのランブルスコをいったん飲み干した。気晴らしに飲もうと誘ってはみたものの、今日の彼女はこちらが少し気にかかるほどグラスを空けるペースが速い。

「うん。あんまり、人間的に好きになれなくて。べつにむこうがなにかしたわけじゃないよ。深く考えずに付き合った私が悪かっただけ。貴重な出会いだからもったいないと思っちゃったんだよね」

軽い冗談で締めくくると、萌は笑わなかった。デキャンタから中身を注ぎ足しながら、べつに問題ないでしょ、と素っ気なく返した。

「日本が貧乏になった今、自分より収入の少ない妻がいいっていう男の人だって減ってるし。前にネットの記事で読んだけど、結婚相談所で成婚率の高い女性の職業って、国家公務員よりも弁護士が上なんだって。修司君だって、よく晴彦さんのことを羨ましがってたし」

「知らなかった」

と私は答えた。それからこれまで萌との間に感じたことのない居心地の悪さを覚えた。

「結婚しやすいことと、結婚したい人に出会えることは別だから」

「また、たしなみ？　永遠子はむしろ大して好きでもない相手と付き合うのをもう、やめなよ。じっくり好きになれる人が現れるのを待てば？」

「現れないと思う」

私が即答すると、萌はちょっと張り合うように

「だったらよけいになんで好きでもないのに付き合うの？　前に言ってた人はどうなったの」

と高めの声色で訊き返した。

「その人と付き合えることはないから。私が独身になってからも」

「……既婚者？」

黙って首を振ると、萌が軽く苛立ったように喋り出した。

「でも好きなんでしょう？　晴彦さんのときだって、私はどうかと思ってた。結婚してるのにあれだけ永遠子に執着されてなかったら、晴彦さんだって察するよ」

私はワイングラスを持ち上げかけて、また下ろした。

「一つ屋根の下にいて、相手から一番に愛されないって、すごく淋しいよ」

「それは分かるよ」

と私は頷いて、バッグからプリントアウトした資料を取り出した。

「ところで経営権の件だけど、ちょっと調べてみたんだ。たとえば修司さんが後を継がなかったとして」

「いま弁護士の喋りを出さないで」

萌が驚いたように鋭い声を出した。私もびっくりして、彼女に視線を戻した。

「永遠子は昔からそうだよね。本音も弱音もほとんど言わない」

だって、と私は釈然とせずに反論した。

「言ったたって、解決しないことはあるし」

「みんな、解決するためだけに話すわけじゃないでしょう」

それでも口にしただけで傷つくことはあるのだ。そう訴えかけて、それすらも口に出す前にやめてしまう自分に気付く。

「その分、永遠子はこっちが訊いてほしくないことも質問してこないから、お互いに楽でいい関係だと思ってた。だけど、そろそろ変わってもいいと思う。こんなに付き合いが長いのに、私は永遠子の本音を全然知らないんだよ。それっておかしくない？」

「たしなみになるのは仕方ないよ。私と結婚したら相手は子供が持てないと思えば」

萌が黙った。

私も我に返った。

こちらが取り繕う間もなく、彼女は
「ごめん。知らなかった」

と申し訳なさそうに言った。それはあまりに模範通りと呼びたくなるようなリアクションで、私は思わず、ううん、と強めに首を横に振った。

「そんなことが言いたかったわけじゃないのに、私のほうこそ」

「ううん。ごめん。私が、察することができなくて」

察することが、という言い方をした萌が二児の母らしく感じられて、急に見知らぬ女性を前にしているようだった。

私たちは空になったデキャンタとグラスを見比べて、どちらからともなく会計を頼んだ。

「今日はこっちが誘ったから奢るよ」

私が萌の顔を見ずに言うと、間があってから

「じゃあ、今日はごちそうになるね。ありがとう」
と彼女がやんわり返したことで、自分の虚勢だけが悪目立ちしたような後味の悪さを覚えた。

台所に立つと、一週間経ってもまだ志文君の気配が透明なまま空気中に残っているのを感じた。

私は床にチェーンバッグを置いて、早めの夕飯にしようと冷蔵庫を開けた。残っていた野菜とベーコンを切って、パスタを茹でる。晴彦も志文君もスパゲッティ料理が得意だった。汗をかきながらフライパンで材料を炒めて、トマト缶を入れて塩コショウをして、パスタを入れて混ぜた。

お皿に盛ったパスタを一口啜った私は、暗澹とした。酸っぱくてしょっぱくて、量ばかりが多い。なんで私の作るご飯は大半が不味いんだろう。どんなに努力したって、私には食べ物で誰かを幸福にした経験がない。

食べ切れなかったパスタを残して捨てた私は洗い物を急いで済ませて、チェーンバッグを摑んだ。サンダルを履き直し、暗い部屋から逃げるように出た。

萌はどうして好きじゃないのに付き合うのか、と訊いた。それなら誰のことも好きになれないし子供も作らない人間は、当然のように一生一人で生きるしかないのだろうか。

九歳のお盆休みに、父に殴られて私の左耳の鼓膜が傷ついて聞こえが悪くなったとき、病院から私が電話してそのことを伝えたら、母は困ったように
「そんなこと言われても、その場にいなかったから、どっちが悪いかなんて私には判断できな

い」

と突き放した。私は電話を耳に当てたまま、判断できないのか、と愕然として胸の内で呟いた。私が大学に合格して家を出るまで、母は父に対して常に甘えた顔で愛想良くして均衡を保っているように見えた。それはつまり子供の私からしてみれば天秤が釣り合ってなどいなかった。暮れなずむホームから上り電車に乗った後も、一駅ごとに途中下車しかけた。行き先を決めかねているうちに、扉が閉まる。そしてまた次の駅に着き、開いては、閉まった。

叔父と姪が結婚できないことを知ったのは、小学校高学年だったか、それとも中学に上がったときか。

クラスメイトが貸してくれた少女漫画を読んでいたとき、作中の台詞に目を見開いた。

「いとこ同士ってたしか結婚できるんだよ」

当然できないと思っていたことが認められていることに、驚きを隠せなかった。

私はすぐに図書館へ行って調べた。そして絶望した。本の中には三親等までの婚姻は認められていないことだけではなく、近親者同士で子供をつくることのリスクまではっきりと書かれていた。染色体異常、障害を持つ可能性……私は具合が悪くなって本を閉じた。叔父である遼一さんと関係を持ちたいという欲望が、どこまでも歪なものだと突きつけられた気がした。

私はむしろ、自分の欲望の先に出産や子供があることがずっと怖かったのかもしれない。

青い夜に沈んだ無人駅に立ったとき、あまりの懐かしさに涙が滲みかけた。

頭の中までからっぽになって、なにも考えずに歩き出す。空き地や公園の木々は、野蛮なほど色濃く繁っていた。

アパートの下まで来たとき、駐車場に停めたスズキのキャリイバンから買い物袋片手に降りてくる人影に気付いてしまった。こんな偶然ってあるだろうか、と私は考えながら路肩に立ち尽くした。

見た目に新しいカーキ色のTシャツを着た遼一さんは笑顔を作らなかった。真顔のまま私の表情を確認すると、手招きした。

私は俯いたまま彼に続いてアパートの階段を上がった。なにも聞かれないのは、私がよほど切羽詰まった顔をしていたのかもしれない。

ドアの鍵を開けながら
「ひさしぶり」

と遼一さんは小声で言った。距離を取ろうとしているというよりは、単純に他にどう言っていいか分からなくて出た声に思えた。私は、うん、と同じくらい小声で答えた。

私が玄関でサンダルのストラップを外す間に、彼は多少散らかっていた服や買い置きの日用品を手早く壁際に除けた。

「突然来て、ごめんなさい」

遼一さんは黙ったまま冷蔵庫を開けた。そしてカーキ色のTシャツに包まれた背中を向けたまま
「発泡酒でも、飲む？」

と訊いてから、ようやく振り返った。私は、うん、と答えた。

発泡酒を手渡されたとき、氷のように冷えた表面が指の腹に心地いいことに内心はっとした。

この部屋を最初に訪れたときから季節が一周したのだ。

私が畳の上に座り込むと、遼一さんは冷蔵庫の中の食材でなにか作り始めた。油の跳ねる音がして、大して煙を吸い込まない換気扇が回っている。小さな羽根の隙間に、夜の濃い闇が詰まっていた。喉が渇いていたからか、発泡酒の酔いはすぐにまわった。もう駄目だ、と思った。

遼一さんがちゃぶ台にいくつかの皿を置いた。ごま油で炒めただけの青菜、ザーサイと細切りの葱をたっぷりのせてラー油をかけた冷奴、それに二人分の取り皿。私は箸を伸ばした。すぐに一本目の発泡酒は空になった。

遼一さんが缶酎ハイ片手にこちらを見た。左手を伸ばして、私の髪を犬にするようにかき回した。それから最後に、丁寧に整えるように撫で下ろした。愛嬌を滲ませて目だけで笑う。

不思議だった。私の勘違いじゃなければ、彼は嬉しそうだった。

「男がいなくなったから、暇になって俺のところに来た？　永遠ちゃんは」

「なにそれ。失礼だよ」

私は苦笑して一蹴したが、新しい相手ができて思い知ったからこそ、ここに来る覚悟ができたのはたしかだった。

「離婚、俺が原因だったんでしょう」

遼一さんがふいに言い切った。

私は放心しかけて我に返り、違う、と否定した。

「本当に、それは違う。晴彦の浮気。だけど、強がりじゃなくて、それも仕方なかったと思ってる。私は」

溜め込んで淀んでいた分だけ、吐き出すように喋っていた。まるで神聖な場所でする懺悔のように。

「自然に妊娠することが難しくて、晴彦がそのことにすごく引っ掛かっているのも分かってい たから、怒りたいことがあっても我慢したり、表面的にだけでも上手くいくように取り繕って た。遼一さんにだって」

語りながら、右手を伸ばす。その分厚い手が風貌に似合わず静かに握り返してくれることを 私は知っていた。

手のひらはしみじみと温かかった。指の腹の皮膚が硬い感じまで、なにも変わっていない。

「言ってなかった。それで、よけいな心配させてたことも分かってる。ごめんなさい」

「永遠ちゃんは、自分だけが背負うのをやめなさい。それは晴彦君のせいでもあるし、俺のせ いでもあるんだよ。やっぱり」

私は遼一さんを見た。感謝を伝えたいのに睨むような顔になってしまった。こういうときに 私は本当に素直になれない。

「それでも私が願うことは成就しないし、理解もされないから。それなら、誰かに中途半端に 寄りかかることを期待するほうが、しんどいよ」

遼一さんはしばらく右手に持った缶のプルタブを凝視していた。重たいことを言ってしまっ たと後悔した私に
「そんなのべつに期待しようが、話そうが、いいよ」

彼が目を伏せたまま言った。さすがに耳を疑った。

「永遠ちゃんがこのまま戻って来ずに、新しい相手でも出来て幸せにやってるなら、こんなことは俺だって言うつもりなかったけど。誰に隠したって喋ったって、お互いにしたことに変わりはないんだから。他に裏切る人がいるわけでもない俺には、べつに後ろ暗いところなんてないよ」

私は火照った顔を見せるのが恥ずかしくて、畳の上に寝転がった。

薄緑色の畳の表面には、埃も塵もないことがよく見て取れた。遼一さんは綺麗好きで、地味にこつこつ働くけど仕事人間というほどの気負いはなく自由で、連絡不精で、案外、快楽に弱い。そして常識よりも互いの感情を優先する。その一つ一つは他人にとってみたらむしろ短所かもしれない。でも私にはいちいち好ましくて骨まで溶かされてしまう。

志文君は私の気が強くて頭がいいところが好きだと言った。晴彦も自立している私をかっこいいと誉めた。だけど強さや聡明さや自立を前面に押し出すとき、私はいつも身を強張らせている。

強くならなきゃいけない、と思い続けて努力した。だけど私は、強くなりたい、と思ったことはなかった。強さに憧れたことも。

遼一さんがテレビをつけた。夏前に始まったワンクールの刑事ドラマだった。きらきらした若い女刑事二人は良きライバルであり、プライベートでは恋愛相談もする砕けた親友同士だった。なんだかいいね、と遼一さんと見入ったけど、萌と私も高校時代にはバイト先で顔を突き合わせるたびに、ああだこうだ、と笑い合っていたものだった。

萌は、楽だからいい関係だった、と言った。だけどそうだろうか、と畳に寝転がったまま考える。彼女の押し付けがましくない気遣いとか、だるそうにしながらも大切な人たちにちゃんと向き合うし自分の時間を惜しげもなく費やせるところを、私は本気で尊敬しているのだ。たとえそれが自分は選び取らなかった生き方だとしても、志文君が言うほど志が低く楽なことではけっしてないと思うから。

「永遠ちゃん、おにぎり食べる?」

私は起き上がって、食べる、と答えた。

お皿に載って出てきたのは、とろろ昆布をまとった茅葺屋根みたいなおにぎりだった。齧ると、昆布のねばりと梅干の甘酸っぱさがちぐはぐなようでいて調和していた。

「これっておばあちゃんがよく作ってたやつじゃない?」

「ううん、それは俺。俺が作ってたの」

私は、そうだったの、と訊き返した。

「うん。ガキの頃にお袋から教わって。俺のほうが形作るの上手いからって。それ以外は、男は台所に立たなくていいなんて言われてたけど」

「そっかあ。てっきりおばあちゃんが作ったんだと思ってた。これ好きなんだよね、昔から。調べたら富山の郷土料理なんだって」

私はおにぎりを見つめて、呟いた。

「私、父親と仲良くしたほうがいいのかな」

遼一さんが訝しげに問い返した。

「なんでいきなりそんなことを思ったの」

「私がそもそも遼一さんに執着してしまうのは、父親との不仲が理由かもしれないと思って。それなら私が大人になれば丸く収まるし、遼一さんを悩ませることも」

遼一さんがちょっとだけ語気を強めて
「無理でしょう」

と断言した。

「悩むのは変わらないだろうし、俺はべつにそれで喜ばないよ」

「なんで？」

どんなことでも無理だと言われると反発したくなる私はとっさに訊き返した。

遼一さんが立ち上がりながら、言った。

「それ言い出したら、永遠ちゃんが耳から血流してたことも許さなきゃいけなくなるだろう。俺はあのときのことは納得してないし、あなたと寝るようになってからは、よけいにそれを実感してるよ」

そして空き缶をシンクでゆすいだ。水が流れて弾かれる音が夜の中に消えていった。

ほんの一時間前まではこの部屋にいることさえ夢のように感じていたのに、一つ敷いた布団に入ると遼一さんはあらかじめ決めていたように私を抱き寄せた。

脱いで脱がしてしまうと、彼の肌の乾いているところも、煙草の香りが薄く残った舌も重たい腰も、今夜はなぜか少し気持ち悪いと思って体を離したくなった。晴彦や志文君という楯が失われて一対一で向き合っているからだと悟る。それでも受け入れてしまえば変わらない、私の知っている遼一さんだった。

小学生で遼一さんに恋したときから、私の中の、男、や、性、を象徴するものはすべて彼になってしまって、それが未だに呪いのように残っている。萌が指摘した通り、私が選ぶ相手はいつも体格が良かった。それは遼一さんが雛型だった。だから一度は抗いたくてまったく違う志文君だったのかもしれない。

明け方に目覚めてしまい、洋服を探して畳の上を這うと、カラーボックスの中に数冊の文庫本を見つけた。これまでも目にしていたはずなのに気付かなかった。

背表紙の褪せた『夏と煙』というタイトルが目につき、引き出す。

私がページを捲っていると、遼一さんが目覚めて
「なに探ってんの」

と訊いた。

「どうしたの、これ?」

「大学の演劇関係の授業で使ったんだったたっけな」

遼一さんの出身大学と学科までは覚えていたものの、演劇の授業があったというのは初耳だった。冒頭に引用されたリルケの言葉が目にとまる。

たとえ、この胸が　はりさけるまで　叫ぼうと、
所詮、天使の耳には　とどくまい。

この部屋からの声が天の国に届かないなら、それは救いだと思った。

遼一さんが私の腰に抱きついた。頑丈な頭にお腹がやわらかく圧迫される。その太い首筋を撫で、掛け時計をちらっと見る。

そうだ、私は独身だからべつに帰らなくていいんだ。

呼吸が深くなる。結婚という罪悪感がお互いの中になくなれば、離れがたい気持ちに歯止めをかけるものもない。

浮き輪一つで二人きりで沖まで流されたようだった。ふるえそうに心細いのに、高揚していて、それは目の前に広がるのが今だけだからだ。未来も過去も消えていた。

「……私と最初に寝た後、遼一さん、どんな気持ちでいた？」

囁くように問いかける。やっと素直に知りたいことを口にした実感があった。

彼は寝返りを打って仰向けになると、考え込むように天井を仰いだ。

「そりゃあ、混乱したよ。とんでもないことをしたって、思って」

「うん」

「もちろん、すぐに色々なことを振り切れたわけじゃないけど」

「うん」

「永遠ちゃんがほんの一時の気の迷いでしたことなら、俺は一生忘れたふりをする。もしまた助けを求めてくるなら、そのときには覚悟を決める」

本心なのだろうけど、腹落ちしないところもあった。遼一さんを想い続けて結婚も上手くいっていなかったタイミングでの私の無茶苦茶を、そこまで抵抗なく受け入れてくれた彼の真意は測りかねた。遼一さんの浅黒い二の腕に、私は黙ってしがみついた。

「永遠ちゃん、今日暇なの？」

遼一さんが唐突に訊いた。私は、うん、と即答した。

「天気もいいし、どこか散歩して、昼から焼肉か寿司でも食いに行く？」

なぜその二択なのか分からないが、私はまた、うん、と即答した。

シャワーを浴びて、ポーチの中に最低限入っていた化粧品で顔に色を付けていると、彼よりは遥かに若い自分を唐突に意識した。二人で外を歩いた途端に初恋の魔法が解けるのではないかと、少しだけ不安を覚えた。

やっぱり新しく見える黒のポロシャツに着替えた遼一さんが、準備はゆっくりでいいよ、と声をかけた。私は、もう大丈夫、と答えてコンパクトを閉じた。

総武線に乗って、浅草橋で降りた。雷門方面へ抜ける通りを並んで歩くと、遼一さんと腕がぶつかった。私が笑うと、彼も軽く噴き出してから、遠慮したように体を離した。

半歩くらい前を歩く背中に、なんだかよそよそしさを感じて淋しくなる。

だけど天を仰ぐと、入道雲が大きく立ち上がった青空が気持ち良くて、両腕は自由に動かせて、やっぱりこれでいいのだ、と思った。

川向こうの黒い逆台形の建物の上には、金色の人魂にも似たオブジェが輝いていた。吾妻橋の下は喫煙所になっていた。

遼一さんが移動中に買った紙煙草を吸っている間、私は欄干にもたれていた。

駆け出して、彼に寄り添い

「真っ白な鳩が二羽、対になって飛んでる。ほら」

と呼びかけて空中を指さすと、遼一さんは紙煙草を口から離して、ん、と頷いた。

「夫婦かな、器用だな」

「ああいうの羨ましい？　くっついてあげようか」

「おっさんをからかうのはやめなさい」

茶化し合う私たちを、灰皿を囲む男性たちが物珍しげに見ていた。

遼一さんが察したようにさっと紙煙草を消すと、私に声をかけた。

「行くか。永遠ちゃん、腹減ってる？」

「うん。空いた」

二人で喫煙所から離れた。遼一さんの隣で、自分は三十代の女性弁護士ではなく、テンションの高い九歳の少女に戻っているのを感じた。なんて不健全なのだろう、と思う一方で、どうしていけないのか分からなかった。幸福だったからだ。

焼肉も寿司もなんとなく決め手に欠けて、赤提灯のぶら下がった酒場が軒を連ねるホッピー通りを歩いていたときに
「外で飲むのもいいな。晴れてるし」

という私の一言で、屋台のもつ煮込みを食べることになった。

注文したものが運ばれてくると、遼一さんは息を吸うようにジョッキのハイボールを飲んだ。本人に昼から飲酒することへの罪悪感がまったくないのか、からっと気持ちの良い飲み方だった。仕事は仕事、休みは休み、という切り替えの妙を感じた。

私もビールを飲むと、全身に解放感が広がった。

ごろんとしたこんにゃく入りのもつ煮込みは、晴彦がどろどろしていて嫌だと言っていたことを思い出したが、私には美味しかった。

二人とも酔ったタイミングで、遼一さんが時間を確認した。

「まだ午後二時前だけど、永遠ちゃん、今日はどうすんの。この後」

私は梅きゅうりを齧りながら、うん、と頷いた。

「うん、て」

と彼が笑う。

「また、泊めてよ」

「仕事は？」

「ユニクロで明日の服さえ買えば大丈夫だよ」

遼一さんは断らない。仕方ないな、という感じで含み笑いする。この惰性が永遠に続くような錯覚を抱きかけたとき
「あれっ、永遠子さんじゃないですか⁉」

驚いて振り向く。

店先に立っていたのは修司さんだった。左右を短く刈り込んだ髪は明るい色に染められていた。体はそこまで大きくなくて痩せてはいるが、若い頃はいかにも喧嘩ばかりしていましたという風情の強面《こわもて》が、案外、気さくな笑顔を見せた。

「修司さん？　どうしてここに」

と私は訊き返した。彼は後ろのテーブル席を振り返った。似たような厳つい風貌の男性二人が笑って軽く会釈した。

「高校の友達が子供生まれて、奥さんが宮崎の実家に帰ってるっていうんで、久々に飲もうって話になったんですよ」

「そうでしたか。おめでとうございます」

と私は軽く頭を下げた。修司さんが遼一さんを気にしているのを目線で感じ取り
「私は合羽橋で、一人用の鍋とか買いたかったから。近くに住んでる叔父に荷物持ちでついてきてもらったんです」

と説明した。ああっ、叔父さんだったんですか、と修司さんは頷いた。

遼一さんは紙煙草を口にくわえると、軽く息を吐いてから
「ずいぶん、いい色だな。それ」

と小さく笑って、修司さんの頭を指さした。途端に彼は嬉しそうな顔をした。

「ありがとうございます。俺、一度、金髪にしたかったんですよ。嫁には柄が悪いってからかわれるんですけど」

「でも、最近、派手に染めるのが普通の子の間でも流行ってるんじゃないの？」

「そうなんですよ。いま夫婦そろって韓国ドラマが熱くて。あ、酒まだ飲まれます？　俺、頼みますよ」

遼一さんはしたり顔で、じゃあ一杯ゴチになります、とあっさり受けた。

「俺は黒ホッピーで。永遠ちゃんはなにがいいの？」

「え？　私は、じゃあ、今度は檸檬サワーを」

修司さんは三人分の酒を注文すると、おでんの盛り合わせと冷やしトマトも追加した。

年齢のわりにはよく食べる遼一さんは淡々と箸を動かし、おでんもトマトもあっという間になくなった。私は味の染み込んだ卵だけ食べて、焼酎の濃い檸檬サワーを飲んだ。修司さんは遼一さんに打ち解ける、というよりは懐くという表現が近い感じで、昔の男友達を放ってすっかり盛り上がっていた。

遼一さんがトイレに立つと、修司さんが私にむかって言った。

「お邪魔しちゃってすみません、けど遼一さんって、かっこいいですね」

「そうですか」

と私は無難に言葉を返した。

「いやあ、正直、見かけたときには不倫かと心配になったんですよ。失礼なんですけど」

彼がいきなりそんなことを言ったので、私は笑ったまま、なんでですか、と少しだけ強い調子で訊き返した。

「なんか男と女の感じがしたんで。ほんと、邪推してすみません。でも遼一さんってまだまだモテそうですね。夜の店の女に好かれる色気がありますよ」

私がどう返していいか分からずにいたら、さらに畳みかけるように言われた。

「さっきも遼一さんが仕事仲間と川崎のキャバに行くって話をしてる途中、女からメール入ってましたよ」

「え、そんな話してた？」

とっさに平静を装って訊き返すと、修司さんは、永遠子さんトイレに並んでたときに、とあっさり答えた。

遼一さんが戻ってきて、私の手が止まっていることに気付いた。

「永遠ちゃん、酔ったか。そろそろ行く?」

吐き出しそうになる感情を飲み込んで、うん、とだけ言った。

修司さんたちに穏やかに別れを告げると、息を吐いた拍子に目が回って、びっくりするほど強烈な酔いが襲ってきた。

私は遼一さんの服の裾を引っ張って
「ちょっと具合悪い。このあたりのシティホテル空いてたら、休みたい」

と早口に告げた。その場で調べて今からデイユースでチェックインできるホテルに入った。

ホテルの室内は狭くて、ダブルベッドの脇はようやく一人通れるくらいの隙間しかなかった。私はベッドに倒れ込んだ。

「永遠ちゃん、水」

遼一さんはペットボトルを手渡して、私の額に手を置いた。今目の前にこの優しさがあればそれでいい、と思いかけた。だけど焼肉と寿司というフレーズが頭を掠めた。

「それよりもなんでキャバクラの女の子と仲良くしてるの?」

焼肉と寿司なんてまさに夜職の女の子と同伴するときの二択ではないか。

「嫉妬してんの?」

意外そうな顔で訊き返されて、私は飛び起きた。

「だから新品のTシャツ着てたわけ？」

私が詰め寄ってポロシャツの胸元を摑んでも、遼一さんは顔色一つ変えなかった。その奇妙な腰の据わり方にふと、この人は女に嫉妬されることに慣れてる、と悟る。次の瞬間、半分試すような気持ちが本物の怒りに変わっていた。

「覚悟なんて言ったけど、結局は私が押しかけてくるから、それで酔ってわけわかんなくなるから、うっかり寝てるだけなんでしょう？　誰でもいいんじゃん」

「そんなこと言ってない」

きっぱりと低い声で否定されて、怯む。それでも疑う気持ちが晴れずに責め立てた。

「他にもいるんだ、定期的に寝る女の人」

短い顎ひげの浮いた顔がこちらを向いて、ぴたりと止まる。

「いないよ。ここ数年では、永遠ちゃんだけだ」

高温に設定されていることに気付かぬまま栓をひねってしまったシャワーを浴びたように痺れた。痛いのか心地いいのか分からない。神経がひりひりしてふるえかけたとき、テーブルの上のスマートフォンが点滅した。とっさにキャバクラの女の子を疑ったが、メッセージが画面に表示されたのは私のほうだった。

遼一さんが視線を投げた。やがて、苦笑される。

「永遠ちゃんも、たいがい、モテるな」

慌ててスマートフォンを摑むと、志文君のメッセージが浮かんでいた。

やっぱり永遠子さんが好きです。もう一度話し合う機会をください。

電源ごと切ると、遼一さんがあきれたようにこちらを見ていた。

「違うし」

「いや。違わないよ。それ、晴彦くんじゃないだろ」

「晴彦ではないけど。だって遼一さん、私が離婚した後、連絡だって一度も」

「あなたが独身になったからって図々しく連絡なんかしないよ、俺はっ。そっちから連絡してくるもんだと思って待ってたんだよ」

予想もしていなかった一途な台詞を吐かれて、立場が逆転した。私だってその本音を先に聞いていれば適当な恋人なんて作らなかったのに。俺のことが好きなのに他の男と寝たのは事実でしょう。寝てないよ。そこは嘘つくな。そんなことを散々に言い合っていつしか抱き合ったものの、裸になってこちらからしがみついたところで、我に返ったように両肩を摑まれて引きはがされた。

「永遠子は、永遠ちゃんなんだよ」

私は彼の日に焼けた首筋を見下ろして眉を顰めた。

「なにやったって、俺の中ではずっと姪の永遠子で」

「なんでそれ、今言うの?」

私は反射的に怒って顔を覗き込んだ。

「こんな明るいうちから、俺はなにやってるんだって思ったんだよ。こんなことまで、させて」

「させて、て、今さら？　何度目か分かってる？」

「だから、それでも姪なんだってことは、言わなきゃと思って」

「だからなんで今言うの！」

　ベッドの上に座り込んで、またしても言い合った。絶望的に深刻な状況のはずなのに、妙に緊張感のない小競り合いが私たちの相性を象徴しているようだった。

　腹が立って背を向けて布団に潜り込む。そういえば占いの最後にこうあった。結婚相手としても申し分ない――ただしお互いに嫉妬深いため、他の異性の影がちらつくと恨まれます、注意、と。

　強烈な西日で目覚めると、私の剝き出しの腰に遼一さんがしがみついて眠っていた。掛布団からはみ出した立派な脛や踝《くるぶし》。けれど彼はあと十、二十年後には初老とか老人と呼ばれる年齢になるのだ。

　血縁関係だけでも問題なのに、その年齢差を考えたら、額に手を当てていた。まわりに対しては秘密を抱えて、いずれは介護と仕事に、最後は一人の老後――それでも今さら他の人を好きになれる気がしなかった。

　心中、という言葉が過《よぎ》るなんて思ってもみなかった。けれど酔いが覚めかけて痛む頭が現実に追い詰められると深刻な単語が紛れ込み始めた。

　瞼が開き、目が合う。

「起きてた？」

うん、と私は頷いた。遼一さんの指が、私の髪の毛先を梳《す》いた。

「兄貴のところ、行こうか？」

「え？」

「そのことで悩んでたんじゃないの？　今」

彼は大きな寝返りを打って起き上がると、服を着始めた。私はその腕を引いた。

「無理？」

「無理とかじゃなくて、私たちがまず話し合って」

と言いかけて、これは言い訳だと思い直した。

私は素早く服を着て、床のチェーンバッグを摑んだ。ユニクロにはやっぱり寄らなくていい、と思った。

「ごめんなさい。だけど、私はそんなに強く生きられないかもしれない」

強いふりならできる。それは真に強くなどないからだ。

自立したいなら、なにもよけいに学費がかかる法科大学院に進学して弁護士を選ぶことはなかった。普通に大学卒業して一般企業に勤めることだってできた。そちらを選ばなかったのは、私がより強い肩書きのカードが欲しかったからだ。もし実家が裕福で自分が理系だったら、きっと医学部を目指していた。私はそういう人間なのだ。

社会的地位やブランドを鎧にしている。丸腰で自分の生き方を貫くほどには世間体を無視できない。

「ごめん。遼一さんだって、私が強くて優秀な姪だから尊敬してくれてたと思うのに」

遼一さんはベッドの上で、さっき私が引っ張って襟を伸ばしてしまったポロシャツを着た。

「永遠ちゃんは強いっていうより、強がりの負けず嫌いだっていうのは、昔から知っている」

私は、ありがと、と小声で礼を言った。怒ってごめんなさい、とも。

「考えさせて」

遼一さんは、ん、と短く言った。この人の、覚悟、という表現には一切の嘘がないのに、本気で私がしたいようにすればいいとも思っている様子だった。それは余裕なのか、諦めなのか、私には見分けがつかなかった。彼自身は果たして私をどこまで必要としているのかも。

夜に自宅のマンションに帰って、ベッドに両手を伸ばして寝転がったら、遼一さんの不在が内臓の余白を満たした。

それでも遼一さんと向き合うと謝るしかできなかった私は、口癖のようにごめんを繰り返していた志文君の気持ちが少し分かった気がした。


田舎の祖母の家の庭では、紫陽花の葉裏から飛び出た蛙がよく捕れた。

早朝に目覚めた私はサンダルを突っかけて、黄緑色に輝く蛙を手の中に隠した。

寝間着姿の遼一さんがふらっと煙草片手に庭先に出てきた。家の中で煙草を吸うと祖母が怒るからだった。

私は地面にしゃがみ込んだまま、まだ熱のない日差しの中で、水色の空を仰ぐ遼一さんを見つめた。

彼がふと目線を下げた。私は立ち上がってにやにやしながら、彼に近付いた。

「なに企んでるの、永遠ちゃんは」

彼の冗談めかした言い方が、昔から好きだった。

重ねた両手をそっと開き、手のひらの暗がりで身を竦めている小さな蛙を見せる。

「可愛かったから」

「蛙なんて捕れるのか。兄貴、嫌がらないの」

「嫌がる。お母さんも嫌いだって。こんなに小さいのに、跳べて、手足も動いて、すごいのに」

私は呟きながら蛙を観察した。黄緑色の体の奥底で米粒のような心臓が動いて全身を機能させているのかと思うと、神秘を感じた。

「弱らないうちに、放してやったら？」

頷いて、両手を開く。蛙は一瞬で音もなく草の陰に消えた。

私が庭の水道で手を洗って戻ってくると、遼一さんが気まぐれのようにズボンのポケットに片手を突っ込んだ。

「永遠ちゃん、これなんだか分かる？」

出されたのは透明な石のついた指輪だった。子供の目にも、おもちゃとは違うのが分かった。表面を複雑にカットされた石は、それを持つ遼一さんの指の動きに合わせてどの角度からも強く光を返した。

「これって誰の？」

と私は尋ねた。

「誰のでもない。何年か前に付き合ってた人に、やっぱり結婚できないって言われて返されたんだよ。ここ来るときに使った旅行鞄に入れっぱなしになってた」

「また誰かにあげるの?」

その質問は想定していなかったのか、にわかに熟考するような間があってから
「や、もう、俺はしないと思う。そういうのは一度でいいから」

と遼一さんは否定した。それから私の目を見つめ返して言った。

「だから永遠ちゃんは一度きりを逃さず、幸せになりなさい」

私は言葉を飲み込んだ。それは、私の一度きりを望む彼の一度きりを奪った——顔すらも知らない元恋人に嫉妬したからだ。

汗だくで軽く痙攣しながら目覚める。青く暗い室内は冷房が止まっていた。私は息をついて、結婚指輪の消えた左手の薬指を見つめた。


街に滞った暑さは夜になっても引かなかった。

仕事帰りに駅前の回転寿司屋に入るか迷い、あまり食欲が湧かなくて店の前を素通りした。お腹が空いたら家に残っていた素麵《そうめん》でも茹でればいいや、と思った。

マンションへ向かう暗い通りを歩いていたとき、誰かがついてくる気配がした。

軽く振り返ると、帽子に黒いパーカーを着て白いマスクをした男が数メートルほど間隔を空けて歩いていた。念のために足を速めると、背後の足音も速く大きくなった。不審者が距離を縮めていることを察した私はヒールが痛むのを無視して闇雲に駆け出した。仕事用のトートバ

ッグの中にしまったスマートフォンを探し出して通報する余裕はなかった。

通りかかった家の塀の前に、偶然、子供用の椅子付き自転車が置かれていた。私はその脇に回り込むと、追いかけてきた不審者にむかって重たい自転車をどんと突き倒した。

夜空に向かって金属音が響き渡り、軽くのけぞった不審者の手にナイフのようなものが握られていることに初めて気付いて、頭が真っ白になりかけた。誰だ。万が一、知り合いだとしたら晴彦、志文君……とはやはり別人だった。体型だけで推測するなら、年齢の丸みを肩に帯びた典型的な中年男性だった。

私はとっさに目の前の鉢植えに手を伸ばした。観葉植物の幹を摑んだら、案外、簡単に引っこ抜けて、鉢植えが靴の上にずどんと落ちて足の親指に折れたような痛みが走った。やせ我慢で声を殺し、素焼きの鉢植えを抱え直した。土に塗れて対峙すると不審者は動きを止めたが、それでも体を揺すって間合いを詰めようとする素振りを見せた。私は空の鉢植えを投げるつもりで腕に力を込めたが、内心では陶器の重さに怯んだ。

相手の当たり所が逆に悪かったら――ナイフが本物だという確証は――誤想過剰防衛にならないだろうか――。

思い余った私は駐車スペースに停められていた自家用車のボンネットを右足でばんと踏んで無理やり乗り上げた。

不審者はさすがに困惑したのか、直立不動のまま仰ぎ見ていた。加害者側も予想外の出来事に遭遇すると人間的な動揺が混ざり込むんだな、とそのときだけ冷静になった。鉢植えを掲げて近付いてきたら投げ落とすという意志表示をしながら、これって猿や猫が威嚇のために高いところに登るのと同じ行動だと気付いた。

　そのとき家の扉が開いて
「おい⁉　なにやってんだ！」

と頼もしい怒鳴り声がしたので、私は振り返って叫んだ。

「不審者が刃物を持ってます！　通報してください」

　不審者は弾かれたように踵を返して、逃走していった。おまえ、と呼び戻そうとした家主に
「相手は凶器を持っているので追わなくて大丈夫ですっ。それより通報してください」

と私は大声で伝えた。

　通報を受けて十五分程度で、年配の巡査と若い男性警察官がやって来た。その間、恰幅のいい家主に付き添ってもらって私は門灯の前に立って待っていた。

　名前と職業を聞かれたので、その場で答えると
「あ、弁護士さんですか」

と彼らは意外そうに繰り返した。

「どうりで落ち着かれていると思いました。それじゃあ、パトカーの中でお話をうかがって、その後、現場検証までお付き合いいただけますか。ご存知かと思いますけど、通報までの状況と、相手の特徴なんかも聞いていきますから。同じ話の繰り返しにもなると思いますけど」

「分かりました。大丈夫です」

と私は声を振り絞るように言って、頷いた。

「ちなみに被害届って出されますよね？」

「出し」

即答しかけて、言葉に詰まる。刃物を持って女性を付け狙う通り魔など野放しにしていいわけがない。倫理的に被害届を出すのは当然だと思っていたのに、もし逆恨みされたら、という不安が過った。こんな迷いが生じるとは思ってもみなかった。

「出す、つもりです」

というやんわりした表現に置き換えて、答えた。

パトカーの中で聞き取りが始まった。法律事務所を退勤した時間から、乗り継いだ電車、駅からのルートまでは問題なく言えたものの、不審者の服装や特徴になった途端、服の色が黒かグレーか、長袖か半袖かも分からなくなっていることに気付いた。

「黒いズボンに、白いTシャツだったと思います」

と答えたら
「ちなみに目撃者の男性は、全身、黒ずくめだったたって言ってるんですが」

と訊き返されて、私ははっとした。

「そうです。やっぱり、上下共に黒でした」

「顔に見覚えはありますか？」

「ないです」

「年齢、身長は、大体でいいので分かります？」

それは答えることができた。遼一さんほどは長身ではなく年齢も下に見えたからだ。

「マスクをしていたので、はっきりとは言えないですけど、私よりも十歳前後、年上で、身長は百七十センチから、百七十五センチくらいの間だったと思います」

「ナイフは小型のものですか？　包丁ではなく？」

「包丁ではなかった、と思います。果物とか、ソムリエナイフくらいのサイズに見えました」

「持っていたのは右ですか？　それとも左ですか？」

私は額に手を当てた。記憶力には自信があるはずなのに確信が持てない。普通に考えたら右手だが、向かい合ったとき、どうも左手に持っていたような気がした。

「左だったような、気もします」

話の途中で、年配の巡査はなにか確認するために家主と話に行った。

彼はすぐに戻ってきて、私に問い質した。

「ちなみに本当に、左、でしたか？　あちらの証言だと、背を向けたときに右手に持っていたって言うんですけど」

「いや。左、だったと思います。向き合って、私から見て右側にナイフが光ったので。私も軽く背を向けたときがあったので、持ち替えた可能性はありますけど」

「左右で持ち替えるような理由とか状況って、ありました？」

「うーん。それは、ない、かもしれないですね。不自然ですもんね」

と私は腕組みした。そうしている間も、どんどん記憶が砂のように零れ落ちていくことに焦りを覚えた。こんなに確信が持てないものかと内心歯がゆく感じた。

その後、現場の指さし確認をして、犯人役の警察官と私の先ほどの動転した行動の一部始終を再現した写真を取った。

「車はちょっと凹んだけど、女の人が危ない目にあったんだから、弁償はいいですよ」

と言ってくれた家主に後日あらためて挨拶に来ることを約束し、パトカーに乗って地元の警察署へと移動して、署内の相談室で白髪頭の警部補と向かい合って被害届と調書の作成に応じた。

ふたたび犯人に見覚えはないかと訊かれたので、最近脅迫めいたメールが法律事務所に来ていたことを伝えた。

「依頼人の元ご主人に、体型や年齢は近い印象を受けました。だけど通り魔の可能性も十分にありますし、断言はできません」

とも言い添えた。

繰り返しの聞き取りが続き、休憩を挟むと、私は廊下の自販機に飲み物を買いに行った。口の中が渇いて頭も酷使したので、普段は飲まない甘い桃のジュースが美味しかった。

「いやあ、おつかれさまでした。最後に、一言どうぞ」

中年というよりは老人に近い警部補から訊かれて、私はきょとんとした。

「ご存知かと思いますけど、調書を検察に渡すときに、被害者の方が何を望んでいるかね、はっきり伝えたほうが効果的ですからね」

そうだ、そうでした、と私は相槌を打った。正直に言えば、私が呼ばれるときには加害者側の弁護が多い。被害届を出す前の段階で立ち会ったことはほとんどないので、そこまでご存知なわけではないが、それでも頭を絞って

「近隣住民の方の身の安全も脅かされるようなことですから、一日も早く逮捕されることと、厳しい処罰を望みます」

と定型文を口にしたら、かすかに心臓が早く鳴った。厳しい処罰、という表現の重さに初めて自分自身の体で触れたためだった。

四時間かけて書類の作成が終わったときには、午後十一時近くなっていた。

「パトカーでご自宅まで送ることもできますけど、犯人は逃走中なので、可能だったらご家族に迎えに来てもらったほうがいいと思いますよ」

と連絡を促されたので、私は仕方なく実家に電話をした。眠っているかと思ったが、両親共にまだ起きていた。

当初は母が来ると言っていたが、一時間後、警察署前に熊谷ナンバーの緑色のＢＭＷで現れたのは父だった。私は警察に頭を下げる父への感謝も忘れて、珍しいものを眺めるような目をしてしまった。

警察に向かって

「本当にお世話になりました。私が責任を持って連れ帰りますから」

などと、まるで私が罪を犯して保釈されたような言い方をしたところは父らしかった。

助手席に乗り込むと

「今夜はこのまま埼玉の家に戻るか。お母さんも心配してるから、帰ったら最初から話を聞かせてくれって言ってたしな」

と父が訊いた。

途端に急激なだるさが広がり、口が重くなるのを感じた。警察署内で語り続けていた反動で、今夜の話はもうしたくない、と脳が拒否していた。

そういえば事件現場の目撃者は、事件直後には積極的に喋りたがるのに、時間が経過すると、今度は示し合わせたように語るのを嫌がるという話を聞いたことがある。興奮状態の後に時間差でやって来る心身への負荷が、そうさせるのかもしれない。人の実感は、案外、遅い。その出来事が大きいほど、認識して受け止めるのに時間がかかる。

暑くもないのに、毛穴が緩んだように汗がだらだら流れ始めて、緊張が解けて体に出たのだと悟る。いったん一人になってシャワーを浴びたかった。

「今日はありがとう。ただ、荷物もなにも持ってきてないし、車なら大丈夫だと思うから。このまま自宅のマンションまで送ってもらえる?」

父は無言でアクセルを踏んだ。それからすぐに

「やっぱり埼玉の家に向かおう」

と決定事項のように言った。私が口を差し挟むよりも先に

「おまえを連れ帰るって言ったのに、べつのところに送って、またなにかあったら、こっちが警察にどうしたんだって言われるだろう」

そう父が言い添えたので、あきらめて黙った。

仏頂面で運転する父は、青い半袖シャツから筋張った腕を出していた。その髪には以前よりも白いものが増えていて、背中も少し曲がったように感じた。眼光の鋭さだけが、遼一さんとの血のつながりを感じさせて、さすがにいい気分にはならなかった。前に父に会ったのは年始に帰省したときか。そこまで時間が経ったわけではない。親世代の老いの速度を肌で感じた。

「襲ってきた奴が、仕事で関わっていた相手の可能性もあるんだって?」

「いや、まあ、依頼人はその元奥さんのほうだから、私と直接の関わりがあったわけではないけど」

「おまえは謙虚に見せてるつもりでも鼻っ柱が強いから、怒りを買ったのかもしれないな。そういうのは、真の意味で仕事ができる奴の顔じゃないんだ。自分ができると思い込んでる顔って言うんだよ。俺の勤め先の県庁でも、若い人間ほどそうだから、まだ仕方ないのかもしれないけどな」

弱っているときに核心を突かれるようなことを言われて、たしかに省みるところもあったが、心配よりも説教が先だったことには腹が立った。

「仮に、その元夫が犯人だったとして、そもそもの離婚の理由は奥さんに対するＤＶだからね。その奥さんは私と違っておっとりして家庭的な専業主婦だったけど、少しでも自分の思い通りにならない女は怒りの対象なんだったら、結局、闘うしかないんだよ」

私が今夜のショックと疲労に任せてまくし立てると、父は軽く押し黙ってから、なるほど、と相槌を打って
「他人なんか、思い通りになるわけがないんだ」

と締めくくった。父にしては俯瞰的な結論だったので、内心少し戸惑う。議論になると私が口うるさいので、面倒になったのかもしれない。

「飯は食ったか」

「ううん、まだだけど」

「どこか寄っていくか」

と父はひとりごとのように呟いた。私は、コンビニでいいよ、と答えた。

「コンビニか。しかし都心は駐車場つきのコンビニなんて、あるのか。まあ、いいか。俺もこんな時間で軽く小腹が空いたな。帰り道にラーメン屋の一軒でもあるだろう。見つけたら寄ろう」

　痩せているわりには昔から大食いだった父らしい提案ではあったが、蒸した夜に疲れた胃に入れるものとしてラーメンはまあまあ不適当だった。

「都内のコンビニも駐車場くらいあるよ。私はそこまでお腹空いてないから軽く買うだけで大丈夫だし」

「あるのか。でも探すのが手間だし、やっぱりラーメン屋にしようか。どうだ、どうする？」

　私はもう意見しなかった。

　父は昔からこうだ。一応、私の意見を尊重するように質問する。けれどそれをすんなり採用してくれたことはない。さらには自分の意見を押し切った後で、かならず納得させるように念を押す。

　それで私が「そんなことは言ってないから、同意できない」と正論を吐いて揉め始めると、娘のくせにうるさい！　と激昂するのだ。

　私がもう少し可愛げがあるか、適当に受け流せる性格だったら、そこまでの問題ではなかったのかもしれない。だけど私は、「私はお父さんとどこどこに行きたいのにな」と笑顔ですり寄ることなどできなかった。理解されるための正論しか言えず、そのせいでかえって理解されることを拒まれた。

そういえば晴彦も質問しておきながら、聞き入れてくれないことが多かった。志文君も質問しておいて、やっぱり聞きたくない、と言い、私はそのことに本当はすごく傷ついた。甘え下手なことは自覚している。ただ、彼らは元々、そんな私を好きだと言っていたのではなかったか。肝心なときだけ折れたり、言葉を柔らかくしてほしいと願われても、別人にはなれない。

今ここに母がいたらどうなっていただろう、と助手席で想像する。

母も脂っこいものは苦手だったから寿司がいい、などと唐突に第三の案を出したかもしれない。そして父の横顔をちらちらと窺いながら

「お父さんが昔連れて行ってくれたお寿司屋さんが美味しかったから、また行きたいってずっと思ってたの。女一人で寿司屋のカウンターなんて入れないんだから、お父さんが一緒に行ってくれなくちゃ駄目なのよ」

と弱ったように甘えてみせただろう。

そういうときだけ父はすんなり意見を翻して、「そこまで言うなら」と運転手役で酒が飲めなくなるにもかかわらずルート変更するのだ。

そういう演技じみた母の態度を目の当たりにするたびに、私は気恥ずかしく虚しくなった。母の男性に対する言動は若い女の子のまま止まっているように思える。それは母自身のパーソナリティーなのか、父の前では年齢相応の振る舞いを求められていないからか、どちらとも言えない。ただ、娘よりも自分の対応が優れていると母が信じていることは感じていて、昔からそんな形で張り合われるたびに自分は母とは違う人間なのだと思い知らされた。

スマートフォンが鳴った。父をちらっと見る。長電話したっていいだろう、とイヤホンマイ

クを取り出す。相手は萌だったので、父に会話を聞かれたくはない。

「永遠子⁉　今、大丈夫？　ＬＩＮＥ読んで、びっくりした。襲われたって、無事だったの？　怪我は」

母親のように取り乱して質問攻めにする萌に、私はほっとして笑った。

「笑ってる？　でも元気そうで良かった。すごい心配した。永遠子が傷つけられてたら、どうしようって」

「心配してくれてありがとう。怪我はまったくないよ。警察での聞き取りも終わって、今は実家の車で帰ってるところ」

「そっか、ご実家に。それなら、良かった。修司君も心配してたよ。この前偶然会って楽しく飲んだばかりで、永遠子さんになにかあったらつらすぎるって」

私は礼を伝えながら、いい夫婦だな、と思った。

すると萌が
「そういえば、こんなときになんだけど、修司君が一緒に飲んだっていう永遠子の叔父さん？　今度会ったらお礼を言っておいて」

私は首を傾げた。

「この前会ったときに修司君が酔って、自分は社長の器じゃない、て初対面なのに相談したんだって。そうしたら永遠子の叔父さんに、奥さんの実家なんだから奥さんを社長にしたらどうかって言われたらしくて」

「え、も、萌を？」

私は噎せたような声を漏らしてしまった。

「うん。それで修司君が例の占い師に相談に行ったら、私も含めた三人のバランスはすごくいいから安泰だって言われて。修司君も肩の荷が下りたみたいにご機嫌で、よく考えたら家業のことは萌のほうが分かってるとまで言われたんだけど、どうしよう。女社長って肩書き、重たくない？」

私はあまりのことに苦笑するしかなかった。近しい友人の立場では到底思いつかないことだ。なによりその発想はあまりに遼一さんらしかった。

少し間があって、萌が言った。

「だけど私ね、じつは永遠子が手に職を持っていることにずっと憧れてたんだ。だからこの前もあんな言い方しちゃったんだと思う。うちの親って昔から入り婿に社長を継いでもらうのが理想だって言ってたから、私もそれが当然だと思ってた。だから、まだ決めたわけじゃないけど、新しい案をくれた叔父さんにはお礼言っておいてね。良かったら、私も一緒に飲んでみたいし」

「それは、もちろん。私も一緒に会いたいよ」

彼女は、良かった、と笑った。それから、声を潜めて切り出した。

「修司君が浅草で撮った、永遠子と叔父さんの写真を見せてくれて、私、思ったんだけど」

「うん？」

「永遠子の好きな人って、あの叔父さんなの？」

父の横顔を盗み見る。長電話で不機嫌そうではあったが、こちらには見向きもしないので、萌の声は聞こえてはいないようだった。

「なんで、そう思ったの？」

萌はやっと腑に落ちたように、そりゃあ分かるよ、と短く言い切った。

「長い付き合いだもん。永遠子の好きなんて、一目見れば」

そっか、と私は呟いた。

「長い間、色々あったの？」

「うん。あった」

「嫌な感じで離れられないとかじゃないんだよね？」

張り詰めた声色に、似た質問をしたときの晴彦の顔が浮かんだ。理解されないことと心配されることはべつに矛盾しないのだ。

私ははっきりと、違うよ、と言った。

「そっか。ちょっと、私もさすがにぜんぶは理解できないと思うけど……話せれば、聞かせて」

さすがに萌にすべてを話して祝福されるとは思わなかったが
「うん。ありがとう」

そう答えて、私は電話を切った。

「さっきまでとは別人みたいに元気に喋ってたけど、友達か？」

温かな余韻を拭い去るように、父は気に入らなそうに訊いた。

私は、萌だよ、と教えた。それからどうしてこの人は基本的に機嫌が悪そうなのだろうと考える。当たり前のように相手が機嫌を取ってくれるとでも思っているのか。思っているのかもしれない。母だけではなく、私も長年その顔色を多少なりとも窺ってきたのだから。

「そういえば、遼一に連絡したのか？　あいつ、今日の昼に電話してきて、おまえのことで話があるって言ってたぞ」

と父が思い出したように言った。

「え、話って？」

「さあ。母さんが出て、俺が留守にしていたときだから、後でまたかけるって言って、それからは聞いてない」

私は短く目を閉じた。さきほど警察署で言われた台詞が蘇る。聞き取りの最中に私が
「お恥ずかしいです。いざとなると、まるでうろ覚えですね。犯人と対峙したときにも支離滅裂な行動を取ってしまったし」

と反省していたら、初老の警部補がとんでもないと首を横に振ったのだ。

「女性が凶器を持った相手に反撃するっていうのは、勇気のいることだ。私が父親だったら肝は冷やしたでしょうけど、それでも勇ましいって誉めたいですよ」

実際の父は私の未熟さだけを指摘して、まだ色々と小言を言っていた。左耳ではなく右耳から入ってくる言葉はきっちり届いてしまう。ボンネットにとっさに飛び乗る私は少なくとも強く見せかけることには長けていて、それは自分で認めてあげてもいいのかもしれない。初めて、そう思った。

「そういえば遼一さんがしばらく家に住んでもいいって言ってくれたんだよね。今、仕事の現

場が都内らしくて」

　父が、住むってどこに、と訝しげに訊いた。

「私のマンションにね。お父さんに言われて私が電話で離婚の報告をしたときに、ついでに仕事で変な脅迫メールをもらったって話したら、危ないからしばらくそっちに行こうかって」

「そんなの、おまえのところだって遼一がいられるほど広くないだろう。あいつ、なに言ってるんだ」

「いや、リビングまで使えば生活は分けられるよ。たしかに犯人が逮捕されるか、私が次の引っ越し先を見つけるまで、頼るのも悪くないかなって。こんな言い方したら悪いけど、万が一巻き込まれることを考えたら、赤の他人には頼めないし」

　父は軽く言い淀み、考え直すように黙った。そして、言った。

「おまえと遼一、いつからそんなに仲良くなったんだ」

「遼一さんが怪我して保険手続きとか手伝ってたときから、かな。お互いにお酒好きだしね」

「あいつと同じような飲み方なんて、するな。みっともない」

と父は素っ気なく諭した。私はスマートフォンを開いた。

　遅れてきた動揺で打ち間違えそうになりながら、状況の説明を素早く綴る。無事ではあったけどしばらく見守り役として居候してほしい旨も問答無用で書き添える。

　遼一さんの返信は遅いので、いったんスマートフォンをトートバッグにしまいかけたら、今夜にかぎってすぐに返ってきた。

分かった。
明日夕方なら埼玉に迎えに行けます。
申し訳ないけど兄貴への説明はよろしく。

私はちょっと考えてから、

ＯＫ

と送り返した。
その数分後、質問が届いた。

永遠ちゃん、本当にそれでいい？
無理して強がってるわけじゃなくて。

私は返信した。

大丈夫。強がってるんじゃなくて、わりと強いから。

スマートフォンをしまうと、父が横目で見て

「散々な目にあったのに、なに笑ってるんだか。警察では大げさに言ってたんじゃないのか」

と揶揄した。私は、違うよ、とだけ言い返した。

夜の車は昼間よりもずっと速く流れていく。長生きしたい気もしたし、こんな一生はいっそ早く終えてしまいたいような気もした。

遼一さんは私の部屋にはきっと似合わない。それでも買い置きの酒やアイコスや畳んだ洗濯物がいずれ馴染んでしまうことを想像したら、失うときが怖くてぞっとした。

それでも、こうしたかったのだ。運が悪ければ死んでいたかもしれない夜もあると知ったから。

大して帰りたくない実家へ向かう車に揺られながら、早くシャワーを浴びたいし遼一さんにだけは今夜のことを詳しく聞いてもらいたい、と考えていた。

ハッピーエンド

遼一《りょういち》さんと同居、というファンタジーみたいな出来事の前にも現実的な手続きは必要だった。私は管理会社に連絡して、マンションの駐車場の契約手続きだけ済ませた。身内ということもあって、同居人が一人増えることは特に伝えなかった。この新生活が一週間程度であっけなく破綻してしまう可能性だってなくはないのだから。

彼が移り住む夜、到着の連絡をもらってベランダから見下ろすと、マンション前の駐車場を月明りと街灯が等しく照らしていた。そこに見覚えのある車が停まっていた。私はタンクトップの上にパーカーを羽織って一階まで下りた。

暗い駐車場で荷物を下ろしていた遼一さんに、声をかけたら

「また変な男が出るかもしれないんだから、薄着でうろうろしない」

と素っ気なく注意された。ちゃんと上着は羽織ってるよ、と言い返して両手を差し出す。荷物を受け取ろうとしたら、鉢植えの植物が助手席から出てきた。背後から突き飛ばされたように、一瞬、心臓が鳴る。気取られないように平気な顔をして鉢植えを抱える。

表情には一切出してないはずなのに

「どうした？」

と容赦なく訊き返されて、口ごもる。ＰＴＳＤってこういうものか、と体で初めて理解した。

事件のことを話して職場の先生たちから気遣われたときに、大丈夫です、と答えたのは嘘ではないし、私自身、心理的な不安を抱えた依頼者には笑顔で力強く、大丈夫ですよ、と言い聞かせることもあった。

その対応が間違いだったわけではないにせよ、材料も知らずに食べていた料理を味だけで全て理解したと過信するようなものだったのかもしれない。

「遼一さんが植物育ててるイメージがなかったから」

心配をかけたくない私は必要のない嘘をついた。

「ああ。これ、おばあちゃんが縁起物だって言って、前に帰ったときに分けてくれたんだよ。夏はベランダに出してたから、永遠《とわ》ちゃんの目に入らなかったんだな」

お袋と言うのではなく、私に向けた表現で、おばあちゃん、と呼んだ。私は頷いた。青く尖った葉がよく繁っている。

「これってなんの植物？」

「南天」

遼一さんは即答した。それから、軽く間を置いて
「一度だけ本当の恋がありまして南天の実が知っております」

紙に書かれた文字を暗唱するように呟いた。私は首を傾げたが
「もしかして短歌？」

と特徴のあるリズムに気付いて、訊き返した。

「うん。なんていう歌人だったっけな」

「遼一さんって、意外と本を読んでるよね。部屋にも文庫本がけっこうあったし」

私は鉢植えを抱えたまま、感心して言った。遼一さんも荷物を肩に掛けて、ゆさゆさ歩き出すと
「南天の短歌は、たしか兄貴が高校の国語の時間に書き出してたものだよ」

そう思い出したように付け加えた。駐車場のアスファルトに伸びた二人の影のうち、私のだけが跳ねるように揺れた。

「お父さんが？　恋愛の短歌を？」

「うん。たしか図書館の本で調べて、好きな短歌を一首選んで、理由をつけて紹介するっていう課題だったんじゃないかな。そもそも短歌なんて恋の歌が多いから、なんとなくで選んだのかもしれないけど」

私は先日久々に顔を合わせたばかりの父を思い浮かべた。軽くとぼけたような穏やかさで深い情熱を包んだ短歌と、仏頂面の父とでは、私の中でまったく調和しなかった。水に入れた油のようにきれぎれの小さな輪となって父と言葉が分離してしまう。

月明りの下、遼一さんはマンションの上の階を仰ぎ見た。なんだか不謹慎にわくわくした。

「永遠ちゃんの部屋、あのへん？」

意識したせいか、ん、と小声になった。

遼一さんの上着が珍しく襟のあるものだということに気付く。その中は黒いサマーセーターに、グレーのコットンパンツとずいぶん小綺麗で、街中を歩いていたら年配の女性がちょっと

素敵な男性だと目を惹かれそうだった。がっちりしている遼一さんは、案外、四肢が長く、背も高い。それもあって小綺麗な格好が映えていた。

「今日いつもと雰囲気が違う。いい服着てる」

私は変に嫉妬して、口に出した。彼はエレベーターのボタンを押して、振り返った。

「永遠ちゃんの部屋に出入りしてるときに、あんまり適当だと悪いから。あとこれ、西友だよ」

「うそ。見えないね」

私はあっという間に機嫌を直して、言った。

玄関で靴を脱いだ遼一さんを、正式に室内へと案内した。今夜からしばらく一つ屋根の下で暮らすのだと思ったら、ひとまず形が落ち着いたことに少し気が緩んだ。次の約束さえ不確かな東京と千葉の往復に、私もだいぶ疲れていたのかもしれない。

「その扉の向こうが寝室だから、着替えはそっちに置いてもらえる?」

私がリビングからドアを指さすと、遼一さんは一瞥して、ドアノブを回した。

あらかじめ知っていたみたいに明かりをつけて、ベッドとパソコンデスクが収まった部屋にボストンバッグを持ち込んだ。

私もついていってクローゼットからハンガーを取り出すと、遼一さんは上着を掛けながら尋ねた。

「なんでセミダブルのベッド?」

問いかけた目は笑っていたが、とっさに言葉に詰まった私は、両手の指を胸の前で絡ませな

がら
「シングルだと狭いし。結婚してたときも、それぞれセミダブルに一人で寝てたから」

と説明した。本当のことだったが、先日まで違う恋人がここで眠っていたのも事実だった。突発的な同居計画のために寝具を買い直す時間はさすがになかったが、逆の立場だったら色々想像するだろうとも考える。

遼一さんは短く頷いただけで、それ以上はなにも訊かなかった。私が結婚の話題を出したからかもしれない。

彼が荷物を整理している間、私は台所で紅茶を淹れた。気持ちも次第になだらかになった。

遼一さんは紅茶を半分ほど飲むと、ベランダへ向かった。

掃き出し窓の向こうで、アイコスを吸う背中は広い。その気配は晴彦《はるひこ》や志文《しふみ》君よりもだいぶ静かだった。

私は紅茶を黙って飲みながら、なにも喋ることが浮かばない自分に気付いた。そっか、と腑に落ちる。私は初めて本当に好きな人と一緒に住むから緊張しているのだ。その戸惑いと高揚感はどちらも味わったことのないものだった。

シャワーを浴びた遼一さんは当たり前のようにベッドに入ってきた。私の目を見て、言葉少なにキスして触れる。雄々しい外見にそぐわずそっと背後から抱きしめられる感じが、やっぱり好きだった。当座は帰ったり帰られたりしなくていいという安堵が滲んだ遼一さんの腕は、その分、親密さが濃くなっていた。終わった後も私の髪や頬にじっと顔を寄せているから、私もなんだか泣きそうになりかけた。若い男性の一過性の盛り上がりとは全然違う、内臓に溜まるような深さを感じた。

「朝ご飯とかって、どうする？」

　腕の中でそう尋ねると、彼はちょっと間を置いて、答えた。

「一人だったら味噌汁に卵かけご飯とか、簡単に済ませるけど、永遠子は？」

「私は、朝はパン派だけど、遼一さんも食べる？」

と訊いてみたら
「いや、俺はいいよ」

とあっさり断られた。私の料理に期待していないからか、それとも一人で長く暮らしてきた男性の感覚とはこんなものなのか。お互いにまだ分からないことはたくさんあるのだと悟った。

　翌朝、遼一さんは早くから現場に行かなければならないと言って、出ていった。

　私は部屋着姿で玄関まで見送った。

「朝ご飯は大丈夫？」

と呼びかけたら、荷物を肩に掛けた彼は素早く振り返って
「途中で適当に買うよ」

と告げた。それから思い出したように
「いってきます」

　はっきりと言ったので、私は、うん、と小さく笑って手を振った。それから一人でベランダに出て南天の鉢植えに水をやった。

定時に仕事が終わったので、電車の中でレシピを調べて、駅直結のスーパーマーケットで買い物して帰った。

台所に立った私は、炊飯器に市販の栗ご飯の素を入れて、野菜と豚肉は時間通りに蒸して、購入したポン酢ダレとゴマダレを用意した。味噌汁を作る間に蒸し物を味見したら、ちゃんと上手く火が通っていることに感動した。なんとなく遼一さんとは味の好みが近いこともあって考えやすかったとはいえ、ここまでまともに美味しい食事が作れたのは初めてだった。

栗ご飯が炊けても、遼一さんはまだ帰ってこなかった。メッセージを送っても返信がないので、あきらめて一人で食べた。

箸を動かしていると、結婚していたときよりもコンパクトになったダイニングテーブルを初めて広く感じた。

林檎のように赤い漆塗りの飯椀は、新婚当時に晴彦と金沢を旅行して買ったものだった。けっして安価ではなかったけれど

「せっかくだから、何年もかけて使い込んで育てられるような物をお揃いで買おう」

と明るい笑顔で言い出したのは晴彦だったことを、今、思い出した。

奥歯で嚙んだ栗が甘くて、咀嚼するたびに、涙がこぼれた。うぐ、と嗚咽が漏れた。離婚届を出したときも、不審者に襲われかけた後も泣かなかったのに。

一カ所ひび割れた途端に、どんどん亀裂が入って割れてしまうガラス製品のようだと思った。その鋭い破片の先を遼一さんに向けて責めたくなった。連絡ぐらいしろよ。今どこにいるの。いつも、いつもいつもいつも私ばかり——。

赤い目をして洗い物をしていたら、玄関でドアの開く音がした。

ただいま、と言われて、私は返事をしなかった。遼一さんが背後を通り過ぎようとする気配がした。振り向かずに無視した。

左肩をそっと叩かれて、振り返ると

遼一さんが存外、大きな目を見開いて、問いかけた。それから数秒して

「永遠ちゃん、聞こえてる？　ただいま」

「泣いてた？」

と険しい面持ちになった。べつに、と答えようとして、首を横に振り

「そっちこそ、どこ行ってたの？」

と問い返すと、遼一さんはきょとんとして

「現場の知り合いと軽く飲んできた」

と答えた。私は思わず右の拳でその左肩を叩いた。

「すぐに暴力はやめなさい」

と彼が私の右手を押さえて諭した。

「なんで連絡しないの！　ご飯作って待ってたんだよ」

などと声を荒らげる自分に心の中でぎょっとする。そんな貞淑な妻みたいなこと、晴彦にも歴代の恋人にも言ったことなかったのに。

「ごめん。電話の充電が切れてた。あんまりそういうこと、気にしないのかと思って」

「するよ」

と即答してから
「遼一さんには、する」

と訂正して言った。そっか、と彼は呟いた。そして太い指で私の頬の涙を拭うと
「ごめん」

と謝った。私は、うん、と小さく頷いた。こんなに弱い自分を知らなかった。強さを疎んだこともあったけれど、それよりも今の私のほうが嫌だった。分かり合えないはずの母に近付いてしまったみたいだった。

「今夜の夕飯は明日の朝、一緒に食べられる？」

彼が訊き、私は頷いた。強く抱き着くと、かえって優しく私の背中を抱き寄せた遼一さんの胸の中で、こんなふうに無防備に男性に体を預けたのは何年ぶりだろう、と静かな感慨を覚えた。

「門限は九時？」

我に返った私は顔を上げた。掛け時計を見ると、まだ九時半だった。大人の男性相手に取り乱すほどの時間じゃない。

「ううん。忘れて」

遼一さんは、いいけど、と口を開いた。

「永遠ちゃんにとっては大事なことじゃないの？　だったら、譲らなくていいよ」

譲らなくていい、という言葉に救われた気がした。門限は無しで、その代わりにご飯の有無は毎日確認することにした。

遼一さんが入浴している間にスマートフォンの中のカレンダーを見て、生理前で情緒不安定になりやすい時期だと気付いた。晴彦とはよく険悪になったことを振り返り、遼一さんの落ち着いた対応をありがたく思った。

遅く起きた翌朝の土曜日は、昨晩と同じものを食べた。遼一さんが卵焼きを作り足してくれた。

朝日の差し込むダイニングテーブルの上で、九条ネギとたらこをたっぷり巻き込んだ卵焼きはいい焼き色をしていた。一口食べて、ビールに合う味だな、と笑う。

「辛かった?」

「ううん。栗ご飯が甘いから、塩気が美味しい」

「永遠ちゃんの味噌汁も、美味いよ。出汁がきいてて」

と遼一さんは言った。出汁入りの味噌を使ってもいいんだな、と思ったらほっとした。実家の母や晴彦が調味料までこだわるタイプだったので、下手に手間が省ける物は買ったらいけない気がしていたのだ。

午前中のうちに手分けして家事を済ませると、二人でソファーに腰掛けて情報番組を流し見した。コンビニ菓子の美味しい食べ方を紹介していたので、やりたい、と遼一さんの袖を引っ張ると、彼は専用煙草と発泡酒のついでに買って来てくれた。

二人とも部屋着姿のまま昼間から柚子七味を振ったポテトチップスを食べてお酒を飲むのはなかなかに背徳的だった。

発泡酒片手に掃き出し窓の外を眺めると、空が青く、吹き込む風は秋の清々しさを纏っていた。柚子の香るコンソメ味のポテトチップスをばりばり齧る。

遼一さんがおもむろにリモコンを手にすると、Amazonプライムに替えた。気になる映画はないかと訊かれて、体を起こす。

「『十二人の怒れる男』って知ってる？」

「もちろん。そんな古い映画でいいの？」

そう話す間も、遼一さんは手早くタイトルを入力して探してくれた。

「うん。事務所の先生にも薦められてたから、一度は観ないといけないと思ってたんだ」

陪審裁判の密室劇は今観てもリアルだった。それでいて最近の映画よりはゆっくり時間の進むモノトーンの映像は、休日の午後に合っていた。

「裁判員裁判って厄介じゃないの？　素人があれこれ言ってくるって」

「いや、そんなことはないよ」

私は空きそうな発泡酒の缶を軽く振りながら答えた。

「事件にもよるけど、裁判員の感情って弁護人とそこまで乖離したものじゃないし、なにより検察が証拠を開示するようになったのが良かったって事務所の先生も言ってた」

「証拠なんて、最初に全部出すもんじゃないの？」

遼一さんの表情は好奇心に満ちていた。仕事の内容に興味を持ってもらえるって嬉しいな、と思って頷く。

「検察側に不利になりそうなものは普通に隠して出してこなかったりするよ」

私には肩書きがあるが、向こうには権力があって、大体は個人で動いている自分と、集団に属している彼らから見える世界は、いくつかは重なるところがあっても、やっぱり本質的にはまったく違うものなのだろう。

「永遠ちゃんはそういう事件は扱ったりしないんだと思ってたよ」

遼一さんが鋭いことを言った。そうだね、と私は認めた。

「刑事事件の研修は、前に受けていて……窃盗罪の弁護なら少しやったけど」

私の経験が浅かったこともあって、あまり良い記憶ではない。

あのときは、息子が窃盗罪で逮捕されたという母親からの相談を受けて弁護することになった。普段は風俗店で送迎をしているという妙に顔のいい被告人とは最初からそりが合わず、三回目の接見でとうとう

「先生さ、なんで、そんなに言い方がキツいの？　俺のこと、馬鹿だと思ってるよね」

と言い返されてしまった。

「そんなことは思ってないよ」

「素人には分かんない頭良さそうな言葉使ったりして、ぶっちゃけ先生の説明って上からだからね。あと、なんでいつも怒ってるみたいなの？　普通に男に嫌われるよ」

拘置所内で窃盗事件の被疑者に愛想を振りまくわけがないだろう、と辟易しつつも

「分かりにくいところがあったなら、改めます。他にも要望や言いたいことがあれば、なんでも言ってもらって大丈夫だから」

と取りなすと、彼は、はあん、とやる気のない相槌を打った。

「うちの母親が言ってたけど、今って検索すると、女性の弁護士さんもけっこうたくさん出て

くるんだって。先生だって商売なんだから、マジでもう少し感じ良くしたほうがいいって。俺は仕事でさ、その辺を歩いてたら男が振り返るような女の子たちが体張って、汚れ仕事もして稼いでるのを見てるわけ。男の優秀な弁護士なんてたくさんいるだろうし、先生はべつにブスとまでは言わないけど美人でもないんだからさあ、少しは努力して女の魅力も使えたほうがいいんじゃないの」

という、本来、比較するところではない指摘に最も痛いところを突かれた気がして心がざらついた。やっぱり自分は刑事事件には向いていないと思った。

「じつは一度、挫折しかけたけど、今後は刑事事件も少しずつやりたいと思ってて。この前の通り魔のときに、被害者の気持ちが分かったっていうか、理不尽ってこんなに身近なものなんだって実感できたから」

私が言い終わると、遼一さんは無言で背中を軽く叩いた。励ますように。

映画を最後まで観てから、二人で軽く昼寝した。

日が落ちると、肌寒く感じる日が増えた。

仕事帰りに遼一さんと駅前で待ち合わせて、おでん屋で軽く食べて日本酒を飲んだ。

マンションの廊下で髪を指先で耳に掛けた私を、遼一さんが見た。

「口の端になんか付いてる」

彼がそう言いながら私の唇を拭うのを、ありがと、と顎を持ち上げて当たり前のように受け入れた。

廊下の床に細い影が差した気がして、振り向く。ぎょっとしたような視線にぶつかり、言葉をなくした。

志文君は黒のビジネスバッグを右手に提げて、困惑したように立ち尽くしていた。額にかかった前髪を見て、髪型変えたんだ、と気付いた瞬間、彼と短い間だけでも恋人同士だったという実感が思いのほか強く蘇った。

遼一さんがなにか察したように志文君に向き直った。

「どちらさまですか?」

やや強い口調で問い質されて、志文君は反射的にむっとしたようだった。

「永遠子さんに用事があって、立ち寄ったんです。失礼ですけど、どういったご関係ですか?」

好戦的な反応を見せた志文君に、遼一さんはすっと引くようにして、低い声で答えた。

「そうですか。僕は、永遠子の叔父です」

遼一さんが、僕、という一人称を使うところを初めて見た。

「叔父?」

志文君が疑わしげに訊き返した。私は遼一さんの顔色を窺いつつ、志文君に向き直った。

「ひさしぶり。用事って、なに?」

遼一さんが離れて、鍵を取り出した。彼はドアを開けると、なにも言わずに一足先に部屋に入ってしまった。

二人きりになると、志文君が解放されたように肩で息をした。

「なにって、いうか、LINEの返事なかったから、体調を崩してるとか、仕事がらみでなにかあったんじゃないかと思って……一方的に心配して押しかけて、ごめんなさい」

彼は素直にそう詫びた。ああ、と私は上の空で相槌を打った。

「じつは先日、通り魔に襲われかけて」

「え!?」

志文君が廊下に響き渡るような声を出した。だから、とすぐに付け加える。

「叔父さんにしばらくボディーガード代わりに、ここにいてもらうことにしたの」

「ああ。そうだったんだ」

彼は安堵したように呟いた。私と遼一さんを見て修司《しゅうじ》さんが口にした、不倫、という単語が過る。あのときでさえ私たちにはたぶん姪と叔父を逸脱した空気が漂っていた。

そして今では遼一さんのほうが関係を隠そうとしなくなっていることには私も薄々気付いていた。さっきみたいに人目があるかもしれないところで顔に触れたりするとき、私は彼の開き直りに不安を覚える。それなのに、やっぱり、嬉しいとも思う。

「志文君とはやり直せないよ」

彼はなんだか困った子を宥めるように眉を下げて、私に問いかけた。

「どうして?　永遠子さん、もう誰か好きな人でもいるの?　ああ、でも叔父さんと暮らしてるなら、それはさすがにないか」

他の好きな人がいなければ、空きっぱなしの場所に志文君が戻ってもいいという道理はない。けれど、以前の私はたしかに誰といても互いに代替可能だと思っていたのだ。その相手が遼一さんじゃないのなら。

もしかしたら志文君は本当の意味で誰かを愛したことがないのかもしれない。彼は献身的だけど、大事なときに不安や重さから目をそらす態度は幼い。

エレベーターが上がってきて、視線を向ける。ランプが点灯したのは一つ上の階だった。志文君が振り返って、また向き直る。

「人が来るのが気になる？」

「いや、そんなことないよ」

「そっか。俺はちょっと気になるかな」

質問しておいて、実際は自分の意見を置き換えるだけのところも変わっていないな、と冷静に思い返した。

「永遠子さん、良かったら場所を移動しない？　落ち着いて話せるところに」

「ううん。行かない」

「永遠子さん」

彼が焦れたように呼びかけた。なんだか自分のほうが聞き分けのない子供になったみたいだった。そういえば晴彦もこういう場面で持て余したような顔をよくした。たぶん私がけっして素直に口にしてこなかったからだ。今なら分かる。それは
「叔父さんが待ってるから、行かない」

自分の感情だったのだと思う。

「親戚でしょ？　しかも、あれだけ年上の人だったら、べつに分かってくれるよ」

そうじゃなくて、と私は首を横に振った。

「私が待たせたくないの。だから、行かない」

その瞬間、志文君がたまりかねたように遮った。

「永遠子さん、なんか、ちょっと気持ち悪いよ」

私は無言で首筋を掻いた。馬鹿にしたように受け取られるかと思ったが、その仕草は志文君の目には入っていなかったようで、彼は眉を吊り上げつつも気弱な口調で訴えた。

「さっきだって、俺、一瞬、見間違いかと思ったよ。大人同士なのに叔父さんが姪に気安く触るのって変じゃない？　永遠子さん、そういうのを一番気にするっていうか、怒る人だと思ってた」

「べつに怒らないよ」

「なんで？」

私は軽く眉根を寄せて、数秒だけ宙を仰いだ。それから訊き返した。

「気持ち悪いことが、なんで、駄目なの？」

志文君は表情をなくした。

「気持ち悪いから、なに？　べつに迷惑かけてないよ」

彼はなぜかそのときだけ、いや、と即答した。

「人間が社会的である以上、迷惑がまったくかからないってことはないんじゃないのかな。正直、傍目に不快だし、それは一種の迷惑じゃないの？」

まるで私たちだけじゃなく、他の具体的な誰かにも苛立ちを向けたような断定だった。私はふと彼の叔父さんの話を思い出した。もしかしたら想像していたよりも、彼はその身内に対してわだかまっているものがあるのかもしれない。

その話を詳しく聞く機会はきっと二度と訪れないけれど。

「だったら、不快に感じる人が見えないところまで離れてくれればいいんだよ」

あなたの物語は受け取らないし、私の物語は差し出さない。

「どうして気持ち悪いほうが改善しようと無理したり、逃げ隠れしなきゃいけないの？」

過ぎ去った時間を仕切り直してあげるほどには、私は彼には優しくなれない。だから一方的に締めくくった。

「あなたの、気持ち悪い、が、私にとっては幸福だから」

志文君は途方に暮れたように鼻で息を吐いた。私がさらに口を開きかけると、彼は拒絶するように踵を返した。私はドアを開けて室内に入った。

遼一さんの姿がなくて、ベランダの窓から吹き込む風がカーテンを揺らしていた。怖くなってベランダに出ると、彼は手すりにもたれてアイコスを吸っていた。

「終わった？　話し合い」

私は拍子抜けして、ああ、と頷いた。

「どうすることにしたの」

「どうすることも、しないに決まってる」

怒って言うと、彼は空いているほうの手で、私の髪を指先でゆっくりと梳いた。私は片手でそっと彼のTシャツの裾を摑んだ。

「なんで俺なのかな、とは常に思うから」

「愛は分かる」

と私は言った。

「愛とそうじゃないものの違いは、分かる。自分のも、ひとのも」

「それは永遠ちゃんがまだ三十代前半で、先のことを考えなくたって済むから」

私は真顔で睨んだ。遼一さんは身内にしか分からないくらいの微細な表情の変化を見せて怯んだ。

「そうじゃないから、逃げないで。だったら遼一さんはどうしてずっと結婚しなかったの？お父さんが、遼一はモテたって言ってたよ。それこそ結婚する機会だってあったよね」

彼は腕組みすると、なにか言いかけた。けれど、すぐに口を噤んだ。

「遼一さん？」

「恥ずかしい話だけど、理想が高かったんだと思うよ。馬鹿みたいなことも真剣なことも話せて、俺を本気で好きになってくれて、正義のある女性っていうのは、もちろんいるけど、そんなに出会えるものじゃないよ。ましてや」

「ましてや？」

と私は訊き返した。

「とにかく俺はもう決めてるから、ここにいていいんだったら、いるよ」

その言葉足らずのわりに頑固な物言いには面食らったものの、そばにいられることに変わりはないと分かって、体がストーブに照らされたように熱を帯びた。

「分からないけど、分かった」

私は彼の服から手を放した。

先ほどの志文君との後味の悪さを消すために、丁寧にコーヒーを淹れて飲んだ。深緑色のカップを持ち上げる遼一さんの大きな手。香ばしい匂いがふわふわと漂う。

食器を片付けてスマートフォンを開いたら、萌《もえ》から着信があったので、かけ直した。次の日曜日に遊びに行っていいかと訊かれた。修司さんのご両親がたまには孫を預かりたいと言ってくれたらしく
「修司君が都内にいる建築士の友達と軽く仕事の話がしたいって言ってて、その後に寄らせてもらっていい？　私も新しい部屋に行ってみたかったし、修司君もまた二人に会いたいって」

という説明には若干の逡巡が含まれているように感じた。見たいけど見たくない気もする、という微妙な揺らぎを感じ取った私はあえて頓着しないで、大丈夫だよ、と答えた。

「なにか食べたいものってある？」

「用意してもらうのも手間だと思うから、ワリカンでお寿司でも取らない？」

いいね、と私は返した。

遼一さんにそのことを伝えると
「もちろん永遠ちゃんの家なんだからいいよ」

という言葉が返ってきたけれど、萌が事情を知っていることまでは打ち明けられなかった。

日曜日の朝に目覚めると、遼一さんが慌ただしく身支度していた。

「一人親方の現場で、急きょ来てほしいって言われたから、午前中だけ入ってくる」

灰色の靴下を足首まで引き上げる彼の首筋は綺麗に剃られていて、わりに多い頻度で髪を切っているのかな、と新鮮な気持ちで想像した。

「そういう仕事って日曜日も入ったりするの？」

「うん。本来は休みだけど、先週くらいに雨が続いたから、納期に間に合わないかもしれないって焦ってるみたいだよ」

私はスリッパをパタパタと鳴らして玄関まで見送ると
「午後からは萌と修司さんが遊びに来るから」

と念のため繰り返し伝えた。遼一さんは
「うん。良かったら先に始めてて」

と言い残して出て行った。

萌は出前のお寿司でいいと言ったけど、さすがに少しは準備しようと思い、朝食を済ませてからトレンチコートを羽織って、大通り沿いのスーパーマーケットへ向かった。

信号機の向こうの空は青く高く抜けていた。強い風に髪を押さえる。逃げていても仕方ないしな、と右手でポケットの中の鍵を触る。遼一さんと一緒にいると、二人だけで生きていける気がしてしまう。それがユートピアなのかディストピアなのか私にも判別がつかなくなる。

開店と同時に入った店内では、アイロン掛けされたように背筋を伸ばした店長が挨拶を繰り返していた。お寿司とお酒に合いそうな総菜を買い物かごに入れていく。

帰宅してすぐに購入した物を冷蔵庫にしまって一息ついたら、萌から電話がかかってきた。

「修司君たちの打ち合わせが終わって、早めに着きそうなんだけど、いい？」

私は、いいよ、と答えた。それから遼一さんがまだ仕事から帰っていないことを説明した。

萌が軽く黙ったので、わざと避けたように受け取られたかな、と心配しかけたとき
「ちなみに一人増えたら迷惑だよね？」

などと訊かれた。

「いいけど、誰？」

「修司君の昔の同級生で、一級建築士の人なんだけど」

「ああ、さっきまで仕事の打ち合わせしてた人？」

私は納得して、相槌を打った。

「そう。修司君が久々にお前とも飲みたいなんて言い出して、永遠子に聞いてくれないかって。ちゃんとした人なんだけど、気楽に誘って人を増やすの、修司君の悪い癖なんだよね」

べつにかまわないと答えた。修司さんが長年親しくしているのなら信頼できる人だろう、と思った。

十五分後、取り皿やカトラリーを用意し終えたところで、インターホンが鳴った。

私はテレビをつけてAmazonプライムで適当なライブ映像を流してから、玄関のドアを押し開いた。

「こんにちは。すみません、永遠子さん。俺、無茶ぶりしちゃって。けど今日めちゃくちゃ楽しみにしていました」

修司さんはご機嫌で、萌は手土産の日本酒とシャインマスカットを出した。ありがたく両方

受け取ったとき、後ろから黒いタートルネックを着た短髪の男の人が顔を覗かせて、短く頭を下げた。

「いきなりお邪魔してすみません。僕は、修司の中学時代の友人で、主に個人宅の設計をしています。柳井《やない》虎太郎《こたろう》と言います」

額のすっきりとした感じと、真顔なのにどこか人懐こく思える目の感じに気を引かれた。丸に近いベース型の輪郭や、厚みのある肩は好ましかった。

「はじめまして。どうぞ、狭いところですけど、あがってください」

私は三人分用意していたスリッパを勧めて、リビングに彼らを招き入れた。

お酒と食事の準備をするときに三人とも手伝ってくれて、お寿司もちょうど届いた。

日本酒は微発泡のもので、晴れた秋のお昼時に飲むにはぴったりだった。早く遼一さんにも飲ませてあげたいと口からグラスを離しながら思う。

萌たちは私の出した総菜を、美味しい美味しい、と言って食べてくれた。

「永遠子、料理上手になった？　こんな凝ったもの、私、作れないんだけど」

「いや、全部、近くの紀ノ国屋で買ってきた。でも最近少しは私も料理するようになったよ」

などと話していたら、お皿に取り分けた煮つけを黙々と食べていた柳井さんがよく通る声で
「準備してもらって、ありがとうございます。美味いです」

と言ったので、どきっとした。

私はなんとなく髪を片耳に掛けてから、これって隠し事している依頼人が相談中にやる仕草だ、とふと思った。

「柳井さんは日曜日がお休みなんですか？」

と私は尋ねた。

「虎太郎でいいです」

彼は軽く笑ってから
「はい。ただ、今日みたいにお客さんがあるときには事務所にいることも多いです」

と教えてくれた。修司さんが明るい声ですかさず割り込む。

「虎太郎、離婚したばかりだから休みとか関係ないみたいで、それもあって今日誘えるかなって思ったんです。家族がいたときにはきちんと休み取るタイプだったんで。でも仕事もできるんですよ。俺の男友達の中で、一番こいつが誠実でちゃんとしてますから」

手放しでこんなに同性の友人を誉められるってすごいな、などと私は内心感心しつつ
「離婚？」

と気にかかって訊き返した。

「嫁が浮気したんですよ！　こいつ、昔から女の人のほうが寄ってくるんですけど、真面目すぎるのかなんなのか、女の人に浮気されることが多くて。ありえないですよ」

修司、と虎太郎さんが軽く諭すように名を呼んだ。

「浮気って、今、修司は言いましたけど、元々の原因はうちの母親の介護でしたから」

と控えめに訂正した。

介護をめぐって離婚する場合、大抵、夫が妻側に押し付けていたケースが多いので、私は軽く距離を取るようにして、そうなんですね、とだけ言った。

けれど修司さんがすかさず
「介護って言っても、こいつが全部やってたんですよ」

と付け加えたので、私は不意を突かれて
「全部、ですか？」

と虎太郎さんに視線を向けた。彼はまっすぐに見つめ返した。顔色を窺うのとは違い、堂々としている中にも優しさが映り込む目だと感じた。

「妻が嫌がったわけじゃなく、お袋が遠慮したんです。自分もお袋が長くないことは分かっていたので、最後くらいは看取ってあげたくて、一年くらい仕事時間を調整して自宅介護してました。それでも元妻との時間が減ったのは事実ですし、自分もお袋が亡くなるまではゆっくり時間が取れないことも多かったので、淋しかったと言われてしまったら、仕方なかったと思います。僕自身は、夫婦同士なんていつかは介護し合うものだから、その予行練習というか、妻の介護が必要になったときの準備と経験も兼ねていたつもりだったけど……上手く伝わってなかったんですね」

　彼は言い終えると、場の空気を和ませるように軽く笑って首を振った。

「すみません。変に語ってしまいました」

「そんなふうに考えて介護されていた方、私は出会ったことがなかったです」

と私は呟いた。

「こいつ、すげえいいやつなのに、言葉が足りないんですよ。好きとか全然、相手に言わないタイプなんで」

「結婚するって死ぬまで好きでいることだって思ってたから。でも、さすがに言葉にしないと伝わらないって学びました。いい大人になってから、遅いですけど」

虎太郎さんはわりに大らかな笑顔を見せて、そう締めくくろうとした。それを遮ったのは、やはり修司さんだった。

「おまえはこれから幸せになるんだぞ！　それこそ永遠子さん、虎太郎はどうですか？　真面目で誠実なのは俺が保証します」

「修司君、そういうの、二人とも答えにくいから迷惑」

と萌が釘を刺す。私が軽く苦笑すると、同じタイミングで笑った虎太郎さんと目が合った。

彼は日本酒をなかなかのペースでするする飲んだ。それでいて酔って乱れるようなところもなく、楽しそうに皆の話を聞いている。

そのグラスを持った手を見て、私はふと
「虎太郎さんってすごく手が大きいですね」

と言った。

「建築士仲間には線が細い男性も多いんですけど。僕はわりにゴツいので」

彼は右の手のひらをこちらにかざした。その手を見て反射的に肌が粟立った。そして気付いた。虎太郎さんは少し似ているのだ。若かりし頃の、物静かなようでいて柔らかい愛嬌を宿していた遼一さんに。

私は掛け時計を見上げた。たぶんあと三十分もしないうちに遼一さんが戻って来る。萌も私の横顔を窺った。

そのとき虎太郎さんが席を立った。

「すみません、今日はこれから約束が入っているので、失礼します。楽しかったです」

そう伝えられて、妙にほっとした。修司さんが、またゆっくり飲もうな、と手を振る。

家主の私が玄関先まで送っていくと、虎太郎さんは黒い革のスニーカーを履いて、訊いた。

「さっき喋ってたときに、永遠子さん、おでんが好きだって言ってましたよね。良かったら今度、僕が好きな店にお誘いしてもいいですか？」

私はびっくりして、断ろうとした。けれど上手い文句が思いつかず、社交辞令かもしれないと思い直して
「いいですね」

とだけ答えた。彼は笑って、修司にグループＬＩＮＥを組んでもらいますね、と言った。てっきり二人きりだと勘違いしたことに気付いたとき、彼の背後で鍵の回る音がした。

虎太郎さんが振り返ると同時に、ドアの外から顔を出した遼一さんが不思議そうな目をした。とっさに私は二人から目をそらした。


修司さんと萌が帰った晩、食器を片付けていたらスマートフォンが光った。

虎太郎さんのＬＩＮＥのアイコンは、虎のぬいぐるみだった。姪がくれた動物園土産です、という説明がプロフィール欄に添えられていた。その文面を見たとき、誰に対してでもなく罪悪感を覚えた。

修司さんと萌と虎太郎さんから、今日のお礼が順番に届いた。仕切り屋の修司さんが次回の

おでん屋の日程まであっという間に決めてしまった。

　一足先に帰った虎太郎さんがグループLINEを提案してきたことを、修司さんは呆れたように揶揄した。

「独身同士なんだから、俺を挟まずに直接誘えばいいじゃないですかね！　あいつ、何歳になっても硬いところがあるからなあ」

　萌が諫めるように、虎太郎さんを真面目だって言ったのは修司君でしょう、と言い含めた。

私は日本酒を口にする遼一さんを盗み見た。

　虎太郎さんと入れ違いで戻った遼一さんを交えた家飲みはけっして雰囲気の悪いものではなかったと思う。修司さんはあいかわらず遼一さんと話が弾んでいたし、途中からは最近の内装の日当相場について情報交換していた。

　萌の態度は多少ぎこちなかったけど、遼一さんはそれを気にする様子もなく、会話を交わした後に
「永遠ちゃんと萌さんはいいバランスだな。二人ともそれぞれに頭の回転が速いところが似てますね」

という感想を口にした。

　萌は意外そうに、そうですか？　と訊き返した。

「はい。そう見えます」

「分かる、分かる。萌といると、私のほうが抜けてることが多いくらい」

と私は頷いた。遼一さんが

「永遠ちゃんは、本当に好きな人の前でだけ気が抜けるタイプだから」

などと言い、萌はなんだか驚いたように私と彼を交互に見た。

グループLINEが一段落したところで、萌から直接メッセージが届いた。修司さんの気遣いが迷惑だったらいつでも言ってほしい、という内容だった。私は、楽しかったから大丈夫だよ、と返した。

間を置かずに、それにしても、と萌が送ってきた。

遼一さんって自信があるんだね。

文面だけでは、彼女がどんな気持ちでその言葉を送ったのか分からない。私は思い切って返した。

なんの自信？

永遠子に愛されてること。疑ってないんだ、と思った。晴彦さんとは少なくとも全然違う。

私は、そっか、とだけ答えた。気持ちは言葉にしないと分からないというけれど、本当は大抵のものは目に見えているのに、それぞれの都合で目を逸らしているだけなのかもしれない。

萌たちが帰った後も、遼一さんは虎太郎さんのことを深くは訊かなかった。勘のいい彼なら、なにか思ったとしても不思議ではないのに。萌の言う通り愛されていることを疑っていないのか、変に勘繰りたくないのか。でも、それを問い質して自ら波風を立てるつもりもなかった。二十代で独身だった頃は、もっと、なんでも話して白黒つけるのが正しいと思っていた。

翌日は久々の当番弁護の待機日だった。弁護士会から事件を割り振られる配点の可能性があったので、依頼人との約束は入れずに朝から事務所で待機した。メールの整理を終えてから、担当している案件の法律関係について調べ直した。

午後五時近くになると、他の先生たちも出先から戻ってきた。私はデスクで伸びをして、窓へと目を向けた。

ブラインド越しのオフィス街は仄暗く染まりつつあった。秋分の日も過ぎて、太陽が沈むのが早くなった。少し侘しいような深い青さに気を取られる。

今夜はちょっと早いけど鍋にしようかな、などと考えたとき、スマートフォンに電話がかかってきた。

背筋に電流が走ったようになり、一瞬、時計を見る。午後五時十三分。たしかにまだ待機時間内ではあるが、さすがに今から配点の連絡など――。

電話越しに連絡を受けた私は、デスクにいた代表の山岡《やまおか》先生の元へと駆け寄った。

「配点、受けました。殺人事件です」

「え、本当に？　今の段階で特に分からないことある？」

「たくさんあります！　とりあえず行ってきます」

ＦＡＸで送られてきた配点連絡票を確認した私は、本棚から刑事弁護に関する本を引っ張り出して、六法全書と共にトートバッグにしまった。デスクの引き出しにしまっていたボイスレコーダーや未使用のノートも放り込む。

持ち物が揃ったので、上着を羽織って、留置場に向かった。

タクシーでの移動中に、被疑者の最低限の情報を記載した配点連絡票を見直す。被疑者は六十七歳の女性の山下翔子《やましたしょうこ》。罪名は殺人。

もっとも私は弁護士会から無料で派遣されている、今日一日かぎりの当番弁護士だ。なので、まずは今後できるだけ被疑者が不利にならないためのアドバイスをノートに書き留めた。初回接見で被疑者に言うべきこと、必要事項、クエスチョンはクローズドではなくオープンなものを心掛ける……心の準備はしていたものの、殺人事件は初めてだということもあって頭が沸騰しかけていた。

厳しかった地元の県立中学を思い起こさせる灰色の警察署に到着した。入り口で手続きを済ませた私は、廊下の椅子に腰掛けて案内を待った。どうやら数少ない接見室をべつの被疑者と弁護人が使っているらしく、終わるまで待機するように告げられた。

一時間後にようやく順番が回ってきて、接見室のドアを開ける。

アクリル板越しに腰掛けた髪の短い女性が軽く顔を上げると、座ったまま深々と頭を下げた。縮れた白髪混じりの頭髪はつむじ周辺が薄くなっていて、今時の六十代にしては老いが早いように思えた。

彼女の口元には年月に重たく引っ張られたようなほうれい線が刻まれていたが、小さくて丸い顔立ち自体は優しく穏やかそうだった。銀縁の大きな眼鏡を掛け、シャツの上に茶色いベストを着ていて、裾のほうは擦り切れていた。

「よろしくお願いします。お話を聞かせていただきます。弁護士の松島《まつしま》永遠子です」

私は穏やかな口調を心掛けて、挨拶した。

彼女は、お世話になります、とまた深く頭を下げた。そして細くつぶらな目で、私を申し訳なさそうに見た。

多少とぎれとぎれであったが、山下翔子さんの話は特に矛盾もなく、整理されたものだった。

年齢の離れた十五歳上の夫が五年前に脳梗塞から下半身不随になり、退院後は彼女が自宅で介護をしていた。週二、三回の訪問介護を利用していたが、施設に入れることまでは考えていなかった。

ところが半年前に自分が自転車で転んで腰を打ち付けたことで、歩行が不自由になった。その療養中に筋力が低下して夫の介護まで手が回らなくなった。さらに夫に認知症の症状が出始めて、トイレの付き添いにも失敗するようになった頃から、将来に不安を抱くようになる。

「ちなみにお子さんはいらっしゃらないんですか?」

私の質問に、彼女は黙った。そして俯きぎみに一度だけ短く鼻を啜り上げた。同情を誘おうといった他意はなく、奥ゆかしい動作として私の目には映った。

「一人娘は、二十年以上前に就職先の社員旅行で事故に遭って、二十三歳で死にました。それで、その出来事は心に閉じ込めて、夫婦二人で生活してきました。主人の体が健康な頃は、立ち直れずにいた私の背中を毎夜のようにさすってくれて……本当に、優しい人だったんです。それでも、今年の春くらいから結局、私のしてきたことは無意味だったと思うことが増えて、ご飯を作ることも、洗濯をすることも、腰のこともあって、できなくなってしまって。訪問介護の方がお世話してくれても限界がありますから、家の中が妙な臭いになってきたときに、俺を殺してほしい、俺も疲れた、と言い出して」

　私はノートに書き留める手を止めた。

「ご主人のほうから、そうおっしゃったのですか?」

「はい。毎日のように繰り返すようになって、だんだん、それが主人を楽にする方法でもあるのかと……」

「ちなみに、山下さん。ご主人がそう口にされるのを、あなた以外で誰か耳にしていた人はいませんか?」

「訪問介護の方には、私が買い物に出ている間に、同じことを言っていたかもしれません」

　それなら嘱託殺人にあたるのではないか、という考えが過る。殺人と嘱託殺人とでは罪の重さがだいぶ違う。

　今後のことを話していたとき、山下さんが遠慮がちに、先生、と私に呼びかけた。下手な子供が折った折り紙のようにくしゃくしゃとしたまぶたが押し上げられる。

「先生が、私を担当して下さるんですか?」

「私は今日の当番弁護士ですが、山下さんが希望されるなら、このまま国選弁護士として担当させていただきたいと思っています。他に依頼したい弁護士がいる場合には、山下さんご自身が報酬を払って私選で弁護人を依頼する形になります」

　彼女は、そうですか、と視線を上げて頷くと、決意を唇に込めたように言った。

「それなら、私が報酬をお支払いした上で、松島先生にお願いすることはできますか？」

想定していなかった提案に、私は一瞬、きょとんとしてしまった。

「はい。それはもちろん、可能です」

わざわざ国選弁護士に報酬を払いたいという希望には不自然なものを感じたが、個人的にもさきほどの経緯には引っかかるところがあったので、事件を担当するのはいい経験になると思った。

「ちなみに山下さん、一つお伺いしたいのですが」

「はい」

「報酬を支払えるほど経済的に困窮していたわけではないのなら、ご主人を介護施設にお願いしようとは考えませんでしたか？」

彼女は端から答えるつもりがないように、そのときだけ表情を動かすことなく

「困窮とは呼べませんが、余裕はありませんでした」

と述べるにとどまった。

午後十時近くになってマンションに帰り着いた私は、外廊下向きの窓に明かりが灯っているのを見て嬉しくなった。

室内に入ると、ニンニクの匂いがしていた。

ソファーに座る遼一さんはお風呂上りなのか首にタオルを掛けていた。

「お帰り。遅かったけど、仕事、大変だった？」

私はトートバッグをようやく足元に置いて、大変だった、と答えた。六法全書や資料を詰め込んでいたので左肩が痺れたように痛い。

夕方から続いた興奮と緊張を癒すために、冷蔵庫を開けて缶ビールを取り出す。ラップに包まれたお皿を発見して
「この餃子って食べてもいいの？」

と私は訊いた。

「ああ、もちろん。飯も食う？」

「食べたい。お腹空いた」

遼一さんが立ち上がった。

私が寝室で着替えて戻る間に、温めた餃子とご飯とザーサイが用意されていた。

冷たい缶ビールに口をつけて、餃子を齧ると、皮はしんなりしていたものの肉汁は出来立てのように熱くて
「あー。美味しい」

とうなるように声を上げてしまった。遼一さんが
「永遠ちゃん、おっさんになってる」

と目で笑った。私も笑い返して、ご飯をかきこむ。守秘義務があるので多くは語れないが
「本格的な刑事事件を担当することになって、しばらく忙しそう」

とは打ち明けた。

「ドラマみたいに法廷とか出るの？」

「うん。出る」

彼は感心したように、そうか、と真顔で頷くと
「それは、頑張って」

と力強く言った。

後日、正式に私選弁護の依頼を受けた私は被疑者の山下翔子さんにふたたび接見し、それと並行して夫婦が利用していた訪問介護の担当者や区の福祉課に連絡して、話を聞きに行く約束をした。

一人娘はすでに他界したと聞いていたが、夫側の妹がまだ存命だったので、午後いっぱい時間を使って平塚の自宅まで会いに行った。

平塚駅から三十分近く離れた家は田畑に囲まれていた。郊外にしては小さく老朽化した一軒家が、妹もまた経済的には豊かではないことを証明しているようだった。

夫側の妹は年齢のわりにどっしりとした大柄な人だった。

古い物の溢れたリビングダイニングに私を招き入れると、濃い緑茶を淹れてくれた。ガス台と食卓を往復する歩き方はややぎこちなく、太っている影響もあるのか、左足が少し悪いようだった。

「息子は今、名古屋で結婚して、居酒屋を経営してるんですよお。コロナ禍があったから店もまだ大変で、帰ってくることもできなくてね。私は私で、去年夫を癌で亡くして。それまでは通院生活だったんでね、兄の様子もここ数年はなかなか見に行けなかったから、本当に翔子さんがやってくれているのが、ありがたかったんですよお。だからね、こんなことになるなんて、

ひどいと思いますよ。だいたい若いうちに子供を亡くすなんて、運が悪いったら、ないでしょう。兄さんも翔子さんも。それで私もずっと、高齢者が二人きりで大丈夫なのかって不安には思ってましたよ。弁護士さんはね、若いから実感がないと思うけど、年寄りは物一つ買いに行くのも大変なんだから。ましてや体の悪い者同士が朝から晩まで介護だなんて、世の中はね、立派なことみたいに言うけど、冗談じゃない。私だってね、主人があと五年も生きていたら、うっかり首を絞めてたかもしれないよ」

そう言い切った彼女を前にして、私は少し怯みつつも

「社会問題として、皆が意識を共有すべきだとは私も思います」

と相槌を打った。

彼女は冷ややかな目をして、私の言葉を笑った。

「みんなね、同じようなことを言うのよお。そう言っておけば済む魔法の言葉みたいだね。それで、弁護士さん。私はなにをすればいいんです?」

流れ次第では裁判で証人になってほしい旨を伝えた。自分の生活もあるので少し考えてみる、と彼女は言った。

私はその足で東京の事務所に戻って、書類を作成した。自宅のマンションに戻る頃にはまた午後十時近くになっていた。

玄関に入ると部屋の明かりが消えていて、靴を脱ぎながら、そういえば明日の朝に粗大ごみの回収があるので今夜は千葉のアパートに帰ると遼一さんが言っていたことを思い出す。てっきり夜のうちに戻って来るものと思っていた。

ちょうどメールが届いて、飲んでしまったので泊まります、という文面につい淋しくなる。とはいえ明日の土曜日は虎太郎さんたちとおでん屋に行くので、遼一さんの顔色を窺わずに済んで良かったかもしれない。介護殺人の弁護を引き受けたときに、実は最初に浮かんだのが虎太郎さんだった。踏み込んでいいかは迷うが、最近まで身内の介護をしていた当事者としての率直な感想を聞いてみたかった。

私は小鍋を取り出して、サッポロ一番の塩味の袋を開けた。細く切ったネギやキクラゲやモヤシをバターで炒めて塩胡椒を振って、ラーメンの上にたっぷり載せる。こういう簡単な料理ほど一手間かけると美味しいことを教えてくれたのは遼一さんだった。

出来上がった塩ラーメンを啜りながら、積んだ資料のうちの一冊目を開く。ひとまず介護の現状や刑事事件の初動対応についての本は買い集めた。

読み始めたとき、魔法の言葉、という揶揄がスープの熱に反応したように胃の奥で蘇った。

「社会問題、か」

神妙な顔をして深刻に受け止めているような態度を取って「社会問題」とひとくくりにするとき、たしかに私たちは安全圏で思考停止しているのかもしれない。

翌朝、萌のメッセージに起こされた。子供を見てくれるはずだった実家の母親が風邪をひいたという。

私と遼一さんの事情を知っているだけに、虎太郎さんと二人だけで行ってきて、とは萌も言いづらかったのか、なんとなく困っている空気を感じて私も困っていたらそれならお子さんも連れて、皆でのお昼ご飯に変更しませんか？　萌さんと修司が大変じゃなければ。

と虎太郎さんが提案した。

皆で外出したほうが家で母もゆっくりできるから、ありがたいけど。永遠子は休みなのに大変じゃない？

と訊かれたので、私は、全然いいよ、と返した。いつもお世話になっている萌たち一家が楽しく休日を過ごせるなら、それに越したことはない。

虎太郎さんが代わりに提案した場所は、最近流行っているという新大久保の韓国料理のフードコートだった。韓国のドラマとファッションを夫婦で追いかけている萌たちはすぐに賛成した。

新大久保の駅前は、コンサート会場の入り口のように若い子たちで溢れていた。改札を出た私は萌たちを見つけて、手を振った。

虎太郎さんは黒いTシャツにジャケットを羽織っていて、私が近付いていくと

「先日は、ありがとうございました」

と頭を下げた。私は、こちらこそ、と頭を下げ返した。

ひさしぶりに会う萌の子供たちは顔が修司さんにそっくりで、笑っているんだか真顔なんだ

か分からない眼光の鋭さを早くも見せながら、お腹空いたー、と萌の腕を引っ張っていた。

混雑した通りからビル内のフードコートに入ると、まるでアジアの夜市を訪れたような活気に包まれたフロアには、様々な飲食店が入っていた。若い子たちが昼からサムギョプサルを焼いてマッコリを飲んでいる。

子供の手を引く萌と修司さんはメニューを吟味して回り、私と虎太郎さんは後ろからついていった。

空いたテーブル席を見つけた虎太郎さんが、修司さんを呼び留めた。

萌が荷物を椅子の上にどさっと置くと、先に座った子供たちがメニューを引っ張って取ろうとした。落ちるから駄目だってば！　と萌が叱り、そわそわと落ち着きのない子供たちにゲーム機を素早く手渡した。

「萌、欲しいものが決まってるなら、私がまとめて注文してくるよ」

そう声をかけると、彼女は嬉しそうに、助かる、と笑い返した。

「じゃあマッコリのボトルと、キムチが入ってないキンパと、海鮮チヂミ。サムギョプサルのセットも二人前くらいお願い」

了解、と財布を手にすると、虎太郎さんが
「自分と修司の分もあるから、一緒に行きます」

と言って、自然に隣に並んだ。

K－POPアイドルが歌って踊る映像をスクリーン越しに見ながら、私と虎太郎さんはカウンターで飲み物と食事を注文した。夜の街のようにカラフルな彩色を施したフードコート内にいると、今がお昼時だということを忘れかける。

虎太郎さんが注文したのは韓国風のおでんだった。レシートを受け取ってから、こちらを向いて
「今日行くはずだったおでん屋は、また次の機会に行きましょう」

と言った。

「そうですね。けど、こういうところも大人一人だと来ないから。楽しいですね」

「良かった。子供連れの大人でも楽しいって、こういうところかなって考えたんですけど、永遠子さんだけ乗り気じゃなかったら、申し訳ないと思ったので」

虎太郎さんは笑顔を見せた。男性的な骨格の顔に、案外素直な喜怒哀楽を出す感じがやっぱり遼一さんに似ていると思ってしまった。ただ、遼一さんはもっと言葉数が少ないので、そこに不安を覚えることがある。

その点、虎太郎さんは言葉が過不足なく真っすぐだ。表情にもズレがない。普通のことに思えるが、案外、考えていることと口に出していることが違う人も多い。

弁護士の元にやって来る依頼人の中には、隠し事や嘘の多い人が相当数いる。彼らは言葉と表情に常に若干のズレがある。その違和感にも慣れたが、気分のいいものではない。

席にたくさん食事が運ばれて来ると、子供たちも大喜びだった。萌たちとマッコリを飲んで軽く酔い、色んなことを喋った。

やがて満腹になると、子供たちがぐずり始めた。萌と修司さんが時間を見て
「そろそろ飽きたみたいだから、私たちはデパートにでも移動しようかと思う。付き合わせる

のも悪いから、良かったら二人はゆっくりしていって」

と切り出した。たしかに萌たちもこれ以上はかえって気を遣うだろうと思ったので
「分かった。楽しかった」

私は笑って手を振った。虎太郎さんも手を振って見送った後、こちらに向き直った。

「永遠子さん、きっともう食事はいいですよね。どうしたいですか」

少し間を置いて、考える。このまま解散というには午後二時という時間は中途半端で、なにより介護の話がまだ聞けていなかった。

「ちょっとお茶をするか、もう少し軽く飲むか、します？」

「ぜひ。僕も同じことを考えてました」

と彼は頷いて、立ち上がった。

虎太郎さんが連れていってくれたのは、新大久保の路地裏にあるベトナム料理とカフェの店だった。以前リフォームを担当したお客さんに教えてもらったんです、と彼は説明した。

お酒で体が温まっていたこともあり、店の前のテラス席を選んだ。

秋晴れの空の下、向かい合って座った私たちのすぐそばを、通行人が歩いていく。

「軽めのビールと、デザートと、もちろんコーヒーやお茶もあります」

虎太郎さんがメニューを手渡してくれた。私はベトナム珈琲と白玉だんごに似たデザートを頼んだ。

ベトナム珈琲には甘いコンデンスミルクが入っていた。飲んでいるうちに、酔った頭の中の霧が引いていく。

現実の日差しの中で、私は正面から虎太郎さんを見た。小さなベトナム珈琲のカップを持つ手はやっぱり大きい。

「じつは今度、初めて介護殺人の事件を担当することになったんです」

虎太郎さんの表情も、酔いが醒めたようになった。はい、と頷きながら軽く身を乗り出してきた。

「守秘義務があるので、詳しくは話せないんですけど」

「はい」

「介護の現状や事件について今調べていて……虎太郎さんはお母様の介護中に、生活に対する不安や辛さを感じたことはなかったですか？」

彼は、ああ、と漏らして腕組みすると、当時を振り返るように宙を軽く仰いだ。

「正直言えば、僕の母は膵臓癌がかなり進行していたので、長くはない、というのが大きかったと思います。最初は余命半年と告げられてたから、それこそ一年近く持ったのは予想外ではあったけど、限られた時間であることには変わりなかったんですよね。言えなかったらいいですけど、その事件って介護される側が認知症を発症していたとか、そういう要因も絡んでいますか？」

私は、はい、と答えた。

「認知症の症状は出ていたみたいです」

「そうですか。僕の母は亡くなる直前まで頭ははっきりしていたので、その分、痛みも分かってしまって気の毒でしたけど、亡くなる数日前まで本人がどうしたいのかを言葉にできていたのは、幸せなことだったかもしれない。言葉が通じなくなってしまうことは向き合う相手をも絶望させることだと、思うので」

私は、そうですね、とベトナム珈琲を飲みながら同意した。白玉は冷たく喉越しが良かった。酔いもすっかり消えていた。

夕方前に、虎太郎さんとは駅の改札で解散した。

別れ際に彼のほうから
「僕がお世話になった訪問診療の先生とか、参考までに話を聞きたいといったことがあれば、いつでも連絡ください。介護する側の気持ちを綴った本も何冊か読んだので、本のタイトルも後でLINEします」

と言ってくれた。私は感謝してお礼を言った。

電車の中で遼一さんに連絡すると、今夜は私の部屋に戻ってきてご飯を作ってくれるという返信があった。

嬉しくなって笑みを堪えつつメールをチェックしていたら、今夜なら刑事専門の先輩弁護士をZoomで紹介できるという連絡が事務所の先生から入った。

マンションに帰った私は白いシャツに着替えて、寝室でパソコンを開いた。Zoomが立ち上がることを念のために確認して、一息つく。

約束は一時間後だったので、今のうちにまた珈琲でも飲んでおこう、と寝室から出ると、思いがけない相手から電話がかかってきた。無視するのもかえって面倒なので、キッチンへ向かいながら電話に出た。

「永遠ちゃん？　あれから大丈夫？　遼一さんはお元気にしてる？　あなた、迷惑かけてない？」

いささか思考の鈍った頭に、母の声はやけに甲高く響いた。

私は片手で電気ケトルに水を入れながら、大丈夫だよ、と返した。

「本当に？　ちゃんとご飯作ってるの？」

そう問われて、どちらかと言えば遼一さんに対する心配だと気付く。

「うん。一人よりも二人のほうが規則正しく食べるし」

早く話を終わらせたくて答えると、母はかえって勢いがついたように喋り出した。

「そういえば秋刀魚は高いけど、今年の舞茸は安くていいって知ってた？　永遠ちゃん、遼一さんにも天ぷらにして食べさせてあげたら？　私、前に群馬に行ったときにうどんのお店で食べた舞茸の天ぷらが人生で一番美味しいと思ったけど、ああ、でもあなたは揚げ物なんてしないのよね。鍋に入れてもいいけど、鍋といえば、今朝のＮＨＫで面白いレシピを紹介してたの。すだちを使ったビタミンなんとかっていう、疲労回復にも」

ノイズというほどではないが、興味のない話題が一方的に続くことにたまりかねて口を開く。

人生で一番だった舞茸の天ぷらの話はおそらく十回以上は聞いている。

「天ぷらは、今度、挑戦してみる。私、最近はけっこう料理するし」

「そうなの？　晴彦君にもろくに作ってあげてなかったのに？」

不躾に晴彦の名前を出されて、私は軽く不機嫌になった。

「晴彦とはお互い好きに作って食べればいいって言ってたから」

「永遠ちゃんは昔からそうやってなんでも男女を同じように言うけど、やっぱり家の中のことは女の人が多めにやってくれるから、それで男の人だって安心して外で働ける。それが結婚っていうものだと思わないの？」

「思わない。それってただの搾取だと思う」

私の即答に、母は諦めたようなため息をついた。

「この前、萌が修司さんと遊びに来たけど、二人とも一緒に料理を準備してくれたよ。いい関係ってそういうものだと思う」

価値観の相反する者同士の会話がいい結果を生むわけはないと分かっているのに、つい論破したくなるのは、それこそ肉親だからかもしれない。

母は懐かしそうに、萌ちゃん、と名前を繰り返した。

「それじゃあ、お子さんも一緒に？」

「ううん。修司さんのご実家に預けて、二人で。あそこ、お互いの実家とも仲がいいから」

「へええ。あなたが初めて萌ちゃんを家に連れて来たときには、なんだってあいう子となんてお父さんと言ったけど、案外、ちゃんとしたお母さんになるものなのね。料理を準備って、まさか永遠ちゃんがお客さんに手料理を振る舞ったりしたの？　ルーを使わないホワイトシチューみたいなことをしたんじゃないの」

それは私が大学生のときに、初めてできた彼氏にクリスマスはシチューを食べたいと言われて、図書館で借りた料理本を参考にして作ったものだった。そんなリクエストに応えようとするなんて可愛げがあったのだな、としみじみ振り返る。

出来上がったホワイトシチューは小麦粉が溶け残って白濁して散々ではあったが、十代の頃の手料理なんてそんなものだろうと思った。

「永遠ちゃんが台所で真剣にあれを煮込んでる姿を見たときには、私もお父さんもあまりにおかしくて、ずいぶん笑ったわよ。材料が可哀想だ、なんてね。まさか未だにあんなものをお客さんに出してないでしょうね。永遠ちゃんって勉強だけ得意で、昔から不器用なんだから」

電気ケトルが沸騰を終えて、スイッチが切れた。違和感を飲み下そうとしたけど、反発心が勝った。

「お父さんだって料理しないのに、そこまで言われる筋合いはなくない？」

母はなんの疑問も感じていない口ぶりで言い返した。

「父さんは、昔の人じゃない。それに、ふふ、どういう考えが流行っても関係なく、男の人は家庭的な女が好きなのよ。晴彦君だって、結局、そうだったじゃないの」

他の女に乗り換えられたことを言っているのだと理解するまでに数秒ほどかかったのは、母がその台詞を笑いながら口にしたからだ。一瞬、耳を疑ったが、すぐにこういう人だったという諦めが湧いた。

「私、これからＺｏｏｍの打ち合わせがあるから切るよ」

「土曜日のこんな時間から？　だって、ご飯はどうするの？」

「遼一さんが作ってくれるから」

「ちょっと、やめてよ。遼一さんに作らせるなんて。私が娘を躾けてないみたいで、恥ずかしいでしょう」

急に本気を込めて嫌がり出した母を突き放すように、私はスマートフォンの電源を落とした。母の声が途切れると、先ほどまでは気にしていなかった冷蔵庫と換気扇の動作音がやけに大きくなったように感じられた。若干聴こえの悪い左側の鼓膜だけが置き去りになったようだった。

私は冷蔵庫から冷えた缶ビールを取り出した。ダイニングテーブルに戻り、椅子に腰掛けてプルタブを引いた。忘れていたが、私が料理嫌いになったのは、母に事あるごとに馬鹿にされたからだ。それでいて母は私に台所を使わせることを嫌がったので、実家にいた頃は練習することさえままならなかった。

冷たく刺激的な液体が喉の奥を流れて、高校二年で初めて実家で隠れてお酒を飲んだ夜のことを思い出した。

あのときも、私は母に対して腹を立てていた。だから母がお風呂を入れている隙に、冷蔵庫の中の父の缶ビールを一本盗んだのだ。本当は父のものなんて欲しくなかったけど、遼一さんもビールを好きだと言っていたことが浮かんで、それならいいや、と思い直した。

狭い階段を上がる自分の素足の爪がターコイズブルーに塗られていたことを、なぜか覚えている。あの頃は悔しいときには下ばかり向いていたからだろうか。

自分の部屋に缶ビールを持ち込んだ私は、畳に両足を投げ出した。ちびちびと飲み始めた液体は猛烈に苦かった。ショートパンツからは膝小僧が出ていた。

昼間の粗熱が取れたぬるい風が窓から吹き込んで、薄いレースカーテンが身をよじるように煽られていた。一階で母が洗い物をする音が響いていた。なにもかもが絶望的に悲しかった。

私はこの家の中でひとりぼっちだと思った。だからこそ絶対にここから逃げて弁護士になる、と心に決めた。

遼一さんが戻ったとき、私はＺｏｏｍを終えて、ダイニングテーブルに仕事の資料を広げていた。缶ビール片手に

「おかえりなさい」

と伝えたら、彼がじっと私を見つめて、手の中の缶ビールを抜き取った。

「お茶淹れるから」

そう言って、缶の残りを飲んでしまった。それから私に背を向けて台所に立った。

「むしろ一緒に飲まない？」

「今夜はいい」

冷蔵庫を開けて食材を出す背中は逞しいのに献身的で、ここしばらく悲惨な老老介護の話ばかり読み聞きしていたこともあり、ふと遼一さんの体が心配になった。

「もしかしてどこか体調悪い？」

彼は豚肉のパックとほうれん草の束を手にして、振り返った。

「違うけど、俺が飲んだら、永遠ちゃんも飲むから。だから今夜はいいよ。目があんまり良くない感じで酔ってる」

私は胸がいっぱいになって、なにも言えなかった。

遼一さんの作ってくれた中華料理屋みたいなパラパラの炒飯と、豚肉とほうれん草炒めを食べた。オイスターソースが利いていた。

数口食べてから
「酒よりも塩分だな、減らすのは」

と遼一さんは苦笑した。

「たしかに味は濃いめだけど、それが美味しいんだよね」

と私は返した。

ベッドの中で服を脱いで抱き合うと、首筋や胸元にキスしてきた遼一さんのやり方が全然痛くないことに気付いた。抱き寄せる腕の力強さは変わらないのに、肌に触れるときの強弱はまるで違っているので
「遼一さん、変わった。前は少し強すぎるときがあったのに、どうして？」

目を覗き込んで尋ねると、彼は真っすぐに見返して打ち明けた。

「前は、自分だけのものにしたかったのと、いっそ嫌われたほうがいいっていう想いと、ごっちゃになってたかもしれない」

彼の厚みのある右肩に顎を載せて、そっか、と呟いた。

眠りに落ちる直前、遼一さんが腕枕しながら
「なんであんなに酔ってたの？　仕事疲れ？」

と訊いた。私は薄目を開けて
「ううん。母親からの電話」

とだけ言った。

「ああ。結子《ゆいこ》さんか」

「あれって、私が高校生のときだったよね。お盆に田舎の家の離れで、こっそり親に隠れてビール飲んでたら、遼一さんも偶然やって来て」

「うん。俺も煙草吸ってると兄貴やお袋が嫌がるから、こっそり離れの部屋に吸いに行ったら、永遠ちゃんがいたんだ」

「そう、それで酔った私が愚痴を言ってたらさ、遼一さんが口を滑らせたの。俺は結子さんは意地悪だから苦手だって。そんなことを言うと思わないから、私、びっくりした」

「俺も若かったからね。今でも好き嫌いが激しいところは、そんなに変わらないかもしれないけど」

若かった、とは言いつつ、彼は訂正も誤魔化し笑いもしなかった。

昔から遼一さんは、本人も言う通り好き嫌いが激しくて、しかも一貫して揺るがないことを、私はなぜか自然に理解していた。人によっては怖く感じられたり狭量な印象を受けるのかもしれない。でも、私にとってはそういうところが信頼できた。

「意地悪って、的確な表現だと思ったな」

私は目を瞑り、呟いた。

結婚前に実家に挨拶に来た晴彦は、私の母から上げ膳据え膳の扱いを受けてすっかり気を良くし、「永遠子のお母さんって年齢にしては可愛らしいし、なんか、けなげな人だよね」と言った。思えばあのときに入籍なんてやめてしまえばよかった。でも、私も若かったから、自分の家族と仲良くしてくれそうな伴侶が正しいのだと思い込もうとしたのだ。

自分らしい生き方も、幸福も、一般的に考えられている形をしていなかった。自分にとっての最良なんて、もしかしたら死ぬまで分からないのかもしれない。

耳元で遼一さんの寝息が聴こえると、お盆の晩の記憶が五感に蘇ってきた。

夏でも田舎は夜風が涼しく、虫の鳴き声が闇をふるわせるように響いていた。木造の平屋の窓から見た半月は美しかった。壁に寄りかかる遼一さんの冗談に手放しで笑った。その短い髪や首筋や右手に触れたかった。遠くて懐かしい、Tシャツとジャージのズボン越しに熱を帯びた私の体。

「永遠ちゃんだけに言うけど、俺は、結子さんは意地悪だから苦手だよ」

その告白は、どんな愛の台詞よりも嬉しかった。

私の遼一さんに対する愛情と執着は、半ば両親に対する失望と比例している。

それはやはり正しいとも健全とも言い難いことを自覚しながら、遼一さんの太い腰にしがみついて、あたたかな眠りについた。


被告人の山下翔子さん本人から受け取った起訴状では、罪名は殺人罪となっていた。

山下翔子さんに話を聞くと、逮捕の段階では、夫に殺してほしいと言われていたことには触れなかったという。

「夫のせいに、するようなことは言えませんでした」

そう語る彼女に、私は内心歯がゆい思いをしつつ
「そうでしたか。ただ、裁判において重要なことですから。事実は事実としてはっきりと一貫した主張をしてください。それはご夫婦の名誉のためでもありますから」

と説得した。とはいえ自分に都合の良いエピソードを語ろうとしない彼女はおそらく嘘をついていないだろう、と私は判断した。

あらためて確認した話では、やはり夫から繰り返し殺してほしいと頼まれていたという。そうすると、殺人か嘱託殺人かが裁判の争点になる。ところが最初は矛盾のなかった内容も、日を追うごとに、やっぱり違ったかもしれない、今年だったと思うけれど去年だったかも、と曖昧になり始めた。しまいには

「世間に戻ることができても、淋しく生きていくだけですから、皆さんの言うとおりに罪を償えたら、私は十分です」

などと言われてしまい、それもまた被告人の意志ではあるにせよ、法廷で起訴状と異なる主張をする身としては弱ってしまった。

一方で、連絡を取って訪ねた介護センターの訪問スタッフの若い女性は、施設内の談話室で私にはっきりと語った。

「覚えてます。たしかに山下さんは、妻にいっそ殺してくれって言ったりするんだよ、と語っていました。私がそんなことを言ったらだめですよと諭したら、ご本人も我に返ったみたいに、あんな優しい女房にそんなことさせたらおしまいだよなあと笑っていましたけど。私も心配になって上司にも報告したので、たしかです」

少し遅れてその場にやってきた介護センターの代表の男性は、袖をまくり上げたネクタイのないワイシャツ姿で頭を下げると

「こんなことになってしまい、私たちも山下さんご夫妻に対して力になることができず、悔し

く思っています」

と語って、過去の業務報告書のコピーを手渡してくれた。

「ありがとうございます。裁判の重要な証拠になります」

私は感謝して、深く頭を下げた。

介護センターの最寄り駅まで戻った私は、改札の中のトイレに立ち寄った。ようやくトイレに入る時間が取れたと思って個室から出て、鏡を見た。口紅を塗り忘れて唇の色が薄かった。前髪も伸びて目に入りそうだ。最近はもともと抱えていた相続問題や離婚訴訟にくわえて刑事事件の手続きに追われていたものだから、外見なんて二の次になっていた。

美容院の予約サイトを検索すると、一時間後に予約が取れたので、新宿に直行した。

全体をカットで整えて軽くしてもらい、シャンプーの香りを漂わせて美容院から出た私は、新宿通り沿いにある予約不要の婦人科にも寄った。待合室でスマートフォンを開いたら、虎太郎さんから裁判の参考になりそうな本のリストが届いていた。

お礼を伝えて、今ちょうど新宿なので買って帰ります、と書き送ると、自分も今打ち合わせが終わって山手線で新宿に向かっている、という返事があった。


時間があれば夕飯でもいかがですか？


そう誘われて、少し尋ねたいこともあり、大丈夫だと返した。

合流した虎太郎さんと新宿三丁目にある台湾料理屋に行った。どうやら彼はアジア料理が好きらしく、小籠包や青菜炒めを食べて青島《チンタオ》ビールを飲んだ。

「洋食はあまり得意じゃないんですけど、中華は昔から好きで」

と彼は言った。私も好きですよ、と青島ビールをコップに注ぎ足して答えた。

「永遠子さん、自分が注ぎますよ」

「手酌で大丈夫ですよ」

と私が断ると、彼は一拍置いて
「いいですね。それなら今後は手酌にしましょう」

と同意した。節度ある距離感で楽しく会話して、満腹になって店の外へ出ると、ちょうど一次会を終えた様子のサラリーマンや学生たちで路上は大騒ぎになっていた。酔っ払いから逃げるように路地へ入ったらバーを見つけた。

「行ったことないバーなので、お店の雰囲気は分からないですけど、挑戦してみますか？」

「いいですね」

と私は微笑んで答えた。

バーのカウンターには常連らしき男性客が一人だけ座っていた。照明は適度に暗く、外の喧騒を遮断した店内は落ち着いた。

それぞれのお酒が出てきて乾杯すると、虎太郎さんが思い出したように
「あれから修司に、いい大人なんだから一対一で永遠子さんを誘えと叱られてしまいました」

と笑って言った。

私は軽く考えてから

「それで今日誘ってくれたんですか？」

と訊き返した。彼は、それもあります、と頷いた。

「せっかく知り合えたので、もっと永遠子さんのお仕事の話も聞きたいと思って」

「そうですか」

しばらく互いの仕事について雑談した。無茶な要望ってないんですか、と私が質問したら
「あります。むしろお客さんそれぞれの無茶に夢が詰まってますから」

と彼が答えた。

「たとえば？」

「そうですね、なんだろうな。子供のために滑り台造りたいとかかな」

「滑り台？　造ったんですか」

と私は驚いて訊き返した。彼は、造りました、と頷いた。

「家の中に。吹き抜けの三階建てで、二階から通しました」

「すごい。豪邸だったんですね」

私は感心して言った。

今度は彼が介護殺人の件について質問した。なかなか難しくて悩んでます、と私は打ち明けた。

「もし、ですけど、虎太郎さんが事件の加害者になってしまったら、執行猶予は望みますか？」

踏み込んで尋ねると、彼はうーんと低くうなった。

「自分のしたことは償いたい、ですけど、その理由をあまりに不当に軽んじられるのは嫌ですね。そこまで追い詰められていたという気持ちはやっぱり理解されたいと思います」

「そうですよね。私も同じ意見なんです。介護殺人は執行猶予がつくケースも多いですし、愛していた夫を一生懸命介護して疲れ果てた末に殺めてしまった気持ちを想像すると、殺したという事実だけを見て懲役がつくのは理不尽にも思えて」

頬杖をついて、ひとりごちる。虎太郎さんの視線を感じた。

見つめ返すと、虎太郎さんはバーカウンターの上におもむろに左手を置いた。

彼はこちらの気持ちを窺うように笑ってみせた。私は三秒ほど彼の左手を見つめた。あいかわらずその手は大きくて、誘い受けるのを待つような仕草にギャップを覚えた。

「虎太郎さん」

と私は呼びかけた。

「はい」

「そこまで私にピンと来てないですよね」

彼は絶句したように黙ると、そのまま左手でバーボングラスを手に取り、間を埋めるように酒を一口飲んだ。

「えぇっと」

今度は私が、はい、と答えた。

「永遠子さんのことは、素敵な人だと思ってます」

「私もお会いしていて楽しいとは思ってます。ただ、恋愛とは違うんじゃないですか？」

「や、そこまで自分はまだ永遠子さんのことを知っているわけではないですから。もっと深く知ったら、女性としても好きになることはって、すみません。上からものを言っているようで、失礼なことを言いました」

　私は首を横に振った。ショートカクテルをごくりと飲むと体が熱くなって、苦笑いがこみ上げてきた。

　虎太郎さんは萎縮したように黙り込んでいたが
「今、笑っているのは、どういう気持ちなのか訊いてもいいですか？」

　強張った表情で問いかけられて、私は即答した。

「昔、男友達みたいだって言われたことがあるから。虎太郎さんみたいなタイプの男の子に」

　彼は、ああ、と降参したように呻いた。

「たしかに、永遠子さんは仕事ができて尊敬し合える同性の友人のような印象はありました」

「さっきの感じで、なんとなく、それが伝わりました」

　離婚直後にはわりにすぐ志文君という恋人ができたものの、元々、私は男性から一人でも生きていけそうと言われてふられることも多かったのだ。

「離婚も経験した者同士だったら、最初にどっちから口説くとかはもう関係ないかな、と思ったんですけど……永遠子さん自身がそれは違うと感じましたか？」

「違うと思います。そういうのは、何歳になっても。それに私たちって仕事の話ばかりで、過去の恋愛や個人的な話を全然しないじゃないですか」

「それは、なんとなく、訊いたら悪いのかな、と思ってました」

なぜ悪いと思うのか、私には分からない。そして虎太郎さんが訊かないので、私も訊くことはなかった。それは結局、地雷を踏むかもしれなくても踏み込みたいほどの引力が双方の中にないのだという気がした。

「あと、もう一つ言いたいことがあって。私の料理、基本的に不味いんです。そういう女性ってどう思いますか?」

彼は一拍置いてから
「それは……たしかに自分もそこまで料理するわけではないですけど、上手なほうがありがたいかもしれないです」

はっきり言ってくれてよかった、と思った。そういう人だと、私はたぶん薄々気付いていた。それでも虎太郎さんと今夜会ったのは、問い直したかったからかもしれない。自分が本当に遼一さんじゃなければいけないのか。そこには普通に恋愛してほしいという萌の期待に向き合えたら、という想いも一握りくらいはあったかもしれない。

「尊敬し合える友人と言われるのは光栄なので、これからも、なにかあればぜひご一緒させてください」

私は虎太郎さんに伝えた。彼はちょっとほっとしたように
「はい。もちろん。萌さんたちともまた飲みましょう」

と適切な言葉で終わらせてくれた。

ほろ酔いで帰りの電車に揺られながら、千葉へ向かった夏の夜のことを思い出した。

実の叔父の遼一さんと二人きりになった夜には、境界線を飛び越えるほどの力で引き合った。

私一人で起こしたことだと思っていた。けど、磁力は引き合うだけではないのだ。反発して離れることだってある。

玄関の明かりをつけると、遼一さんのスニーカーがあった。私は靴を脱いで、ただいま、と呼びかけた。

遼一さんはソファーで湯呑片手にスポーツニュースを見ていた。空気中にほうじ茶が淡く香っていた。

「遼一さん」

と呼びかけると、彼が間髪を入れずに
「デートだった?」

と訊いた。

「なんで?」

「髪型と、化粧も朝と変わってるから」

「髪は帰りに切った。ご飯は友達と食べてきたけど、デートじゃない」

遼一さんが信じていない目をして笑ったので、私も笑って切り出した。

「萌に私たちの話をしたよ」

彼は少しだけなにか言いたそうに口を動かしたが
「うん」

と頷いた。私は彼の隣に腰を下ろした。そして、その手の中の湯呑を取ってほうじ茶を一口飲んだ。

「遼一さんが同じ強さで引き合ってくれた夜は、私にとって、奇跡みたいな過《あやま》ちだった」

彼は私の右側の髪を指で梳いて、耳に掛け直した。そしてあらわになった私の顔をあらためて強く見つめた。

「だから」

ずっといてほしい、と言いかけて一瞬躊躇した。

遼一さんが会話を引き取るように言った。

「いつ千葉に戻るか、考えてた」

この同居生活がずっと続くわけはないと思っていたけれど、面と向かって言われると、今触れられている手で顔を殴られたようなショックを覚えた。

「そうだったんだ」

「うん」

「遼一さんは私と離れて平気なんだ」

私が詰め寄るようにして尋ねたら、彼はなんだか奇妙なものを目にしたような顔をした。

「だったら、今度は永遠ちゃんが千葉に来ればいい」

「今さら別々になんて住めない。週末だけ通う生活は嫌だよ」

と私は吐き捨てた。遼一さんがなにかに気付いたように苦笑した。

「千葉で一緒に暮らすっていう選択肢はないんだな。永遠子には」

私は恥ずかしくなって、あ、と小さく声を漏らした。

「たしかに永遠ちゃんの勤務先からは遠くなるけど、俺も仕事ふってくれる人や会社はあっちに多いんだよ」

　実際、移動時間が増えた分だけ遼一さんが朝出る時間は早くなっていた。天気が悪いときには車で通っているから大丈夫だろうと気安く考えていたが、彼は私よりもだいぶ年上で、年齢的にそろそろ体力が衰え始めてもおかしくない。

　遼一さんのがっしりとした体を急に脆いもののように感じて、私は悲しくなって抱きついた。

「ごめんなさい、ちっとも分かってなくて」

「うん。まあ、まだまだ元気だけど」

　遼一さんは言って、大きな手で私の背中を軽く叩いた。その腕の中で、私はふと考えた。

「じつは今、介護殺人の事件を担当しているんだけど、私は生きている奥さん側の視点だけで見ていたかもしれない」

　彼はゆっくりとソファーに背を預けた。

「殺されたほうだって、病気になりたくてなったわけじゃあ、ないからね」

　その言葉は胸に刺さった。自分が五体満足で持病もないからこそ、被害者に対する共感よりも加害者に対する共感が強くなりすぎていたと悟る。

「病気になったほうだって、健康なまま奥さんと最後まで笑って、添い遂げたかったんじゃないの」

「うん……本当にそうだよね」

と私は頷いた。

　どんなに勉強して知識を身につけたところで、私はまだ人としては半人前だ。生き死にに関わることの重さを、遼一さんのほうが感覚として分かっている。

遼一さんがアイコスを吸うためにベランダに出たので、今晩は私も一緒についていった。

寄り添って仰いだ白い月は健康的にふっくらとしていた。

私も遼一さんも今はまだ体重の増加を気にする余裕がある。でも、いつかは年老いて痩せて小さくなり、骨になる。

彼の太い骨が詰まった骨壺を抱く自分を想像して、それさえも幸福な別れ方なのだと思ったら、違う世界を見ているようだった。

寒くなったので室内に戻ると、遼一さんが思いついたように言った。

「永遠ちゃん、今度の日曜ひさびさに昼間に外に出ようか」

私は部屋着のカーディガンを羽織りながら、うん、と跳ねるように頷いた。

そして、なにげなく壁のカレンダーを見て、あ、と声を漏らした。

「ごめん。日曜日は高校の同級生の結婚式だ」

「結婚式？」

「うん。仕事が忙しかったから忘れてた。子供ができて、急きょ式を挙げることになったみたいだけど、詳しくは知らなくて。元々すごく仲の良い女友達ではなかったんだよね」

クローゼットに押し込んだ数年前の膝丈のドレスはおそらく似合わないだろう。

「そこまで仲良くないのに招待されるって、永遠ちゃんの肩書きもあるんじゃないの。立派な女友達がいると、格好がつくだろうし」

「うーん、元々そこまで女友達が多いタイプの子でもなかったからなあ。新郎側との人数合わせかもね。ドレスを買いに行く時間もないからZOZOTOWNで注文しちゃうかな」

と私はスマートフォンを開いてぼやいた。


友人の結婚披露宴は、日曜日の正午から都内のホテルで開かれた。

受付でご祝儀を手渡し、席次表に書かれたテーブル席に着くと、少し遅れて隣の席に座った女性の横顔にうっすらと見覚えがあった。もっとも高校時代とはだいぶ印象が変わっていた。

柔らかい色のドレスが多い女性たちの中で、彼女はきっぱりとしたブルーのドレスを着ていた。センターパートの黒髪のショートボブが青い色によく似合っていた。

堂々として姿勢の良い姿に軽く見惚れていたら、彼女が席次表を見て、こちらを向いた。

「松島さん？　ひさしぶり」

彼女は鮮やかな色の唇を開いて、そう微笑んで見せた。

「門柳《かどやなぎ》さん。卒業以来だっけ？」

「そう、そう。松島さん、ちょうど司法試験で忙しくて、同窓会も来なかったもんね」

と言われて、彼女が私の近況を知っていることを多少意外に感じた。

「幹事にしか伝えてなかったのに、よく知ってるね」

「その幹事が言いふらしてたからね。同級生から女弁護士が出るかもしれないって。そこそこの進学校出てもそんなことで騒がれるなんて、いい仕事につく女は少ない国だって証明しているようで、うんざりしちゃった」

私は苦笑してから

「門柳さんは今どんな仕事してるの？」

と訊いてみた。

「大学で働いてる。今年の春に念願の准教授に昇格したの」

「それはおめでとう」

と私は言った。他の女性の招待客が結婚や子供の話を始めたので
「門柳さんは、結婚は？」

と尋ねてみたら、彼女は鼻で笑った。

「まさか。私、子供も男もいらないし」

即答だったので、もしかして気分を害したのかと思って
「それは不躾なことを聞きました」

と付け加えると、彼女は気にした様子もなく訊き返した。

「松島さんも名字変わってないね。同じ弁護士と付き合ったりしてないの？」

「ううん。なんで弁護士？」

「だって仕事に理解がないと、やっていけないでしょう」

「それこそ、門柳さんは同じ大学の先生とかで、素敵な人はいないの？」

「いない。偏差値高い男がリベラリストともフェミニストとも限らないから。それこそ家庭があって子供がいる男の先生なんて、妻はみんな優秀な大学出の専業主婦だし。そういうパターンをたくさん見てると、仕事と家庭の両立なんて詭弁だなと思って。男性に専業主夫をやってもらうっていう選択もありだけど、私、仕事だけじゃなく家事全般もできるから、養う相手が

増えるだけ、やっぱりタスクは増えるよね。なにより単純に子供っていう生き物を愛せない自分の欠落をも尊重したいから」

　式場のスタッフにシャンパンを注いでもらったグラスを片手に、門柳真紀《まき》は饒舌に語った。結婚式にまったくふさわしい話題ではなかったが、私は彼女の変化と変わっていない部分とに多少の感銘を受けた。

　高校一年のときに同じクラスだった門柳真紀は、二年次から理数科コースに進んだために、その後は廊下ですれ違う程度の仲だった。

　手入れしていない結果としてのロングヘアに銀縁の眼鏡を掛けた彼女はどちらかといえば冴えない印象だったが、理数科には女子が少ないこともあって彼氏をとっかえひっかえしていた上に、「女子同士の話って下らないし、私は嫉妬されやすいから関わりたくない」と放言してはばからなかったために、同性からの評判は悪かった。正直、私も彼女に対しては若干の苦手意識を持っていたくらいだった。

　新郎新婦の入場が始まった。私たちは喋るのをやめて手を叩き、二人を迎えた。ひさしぶりの披露宴で目の当たりにするウエディングドレスや、生花で髪を飾った新婦は可憐で美しかった。

　式が終わると、新婦が妊娠していることもあって二次会もなく、解散となった。

　席を立った私に、門柳真紀が声をかけてきた。

「時間ある？　良かったら、この上のバーで飲まない？　夕暮れ時で、ちょうど綺麗だと思うから」

同性に関心のなかった彼女から誘われたことに時の流れを実感しつつ
「いいね」

と私は頷いた。エレベーターに乗り込むと
「今日松島さんに会って、いい感じの大人の女性になっていたから、嬉しくなっちゃった」

披露宴のシャンパンとワインでほんのり高揚した門柳真紀が言った。

「門柳さんこそ、かっこよくなったと思った」

「ああ、私、高校時代はダサかったからね。そのくせ、なんか勘違いしてたし」

彼女は乾いた声で笑った。

バーのカウンター席で並んで座り、マティーニ片手に西日の溶けた東京の街を見下ろす門柳真紀は、そのプライドと自意識を仕事のキャリアに上手く昇華したように見えた。チークを塗らずにそばかすを堂々と残した頰も、くっきりとした眉との対比でかえって魅力的に映った。

「あれ、でも松島さんって前は結婚してなかった？　たしか、関根《せきね》さんが婚約中に別れた元カレの親友だっけ。私の勘違い？」

門柳真紀がそんなことを言ったので、私は首を横に振った。

「離婚した。元夫がよそで子供作って」

「それは災難だったね」

と彼女は言った。別のお客のカクテルを作ろうとしていたバーテンダーが一瞬こちらを見た。

「けど、私も本当は好きな人がいたから」

「そうなんだ。今はその人とは？」

私は言葉を喉の奥に溜めかけたけど、門柳真紀の強い眼差しを受けて、口を開いた。

「色々あって、一緒に暮らしてる。同棲というよりは同居だけど」

門柳真紀は頬杖をついて考えるようなポーズを取ると
「もしかして松島さんの好きな人って、女の人？」

と訊いた。私は、ううん、と否定した。

「違うか。なんとなく秘密の気配というか、事情がありそうだったから」

「父の弟なの。だから、実の叔父なんだ」

彼女は、へ、と軽く裏返った声を出した。その場違いなトーンについカクテルを噴き出しそうになった。

「本当に？　しかも、色々あったって、いつから？」

私は呼吸を軽く整えた。

「私が、一方的に好きだったのは子供の頃から。お互いが異性として向き合うようになったのは去年から。もちろん向こうは私がこの年齢になるまで、変な感情を出したことは一回もないよ」

「むしろなんで今さらそんな関係になったの？」

門柳真紀は立て続けに質問を重ねた。研究対象にでもなった気分だったが、真正面から話を聞いてくれる人に初めて出会えたこともあり、私は声を潜めて正直に答えた。

「酔った勢いで、私が体で無理やり迫った」

次の瞬間、彼女は両手を打って品なく大笑いした。目の前の遠慮もなにもない女性が、あの取っ付きにくかった門柳真紀かと思うと、戸惑いを通り越して感慨深い気持ちになった。

「ごめん、笑っちゃって。松島さんって、もっと常識的な人だと思ってたから。そんなに情熱的な変人だったんだね」

「情熱的な変人って」

と私は面食らって復唱した。

「先のことって考えてるの？　まさか子供が欲しいなんて思ってないよね？」

彼女の目つきが少し鋭くなる。私は即座に否定した。

「ない。そもそも私、子供できないみたいだし」

「なるほどね。そういう身体的な事情もあって、社会性の外に振り切ったんだ」

身も蓋もない言い方ではあったが、それでいて私は彼女の理解力に内心胸打たれた。

「それなら良かった。子供はさすがに肯定できないから」

「というか、この話って、全体的に否定されるものじゃない？」

彼女のグラスは空になっていて、二杯目のジントニックを注文した。私のほうはまだ半分残っている。どうやらかなり酒には強いようだった。

「まあ、堂々と言いふらす話ではないと思うけど。身近にそんなサンプルってないから、一研究者としては好奇心を刺激されるよね。意図的に生身の人間で臨床実験するわけにもいかない例だし」

「そういえば、門柳さんの専門ってなに？」

私は興味が湧いて訊いた。

「生命情報工学」

と彼女は答えた。

「それってアンドロイドとか？」

最近、新聞で読んだばかりの人工知能についての記事を思い出した。

「そう。人間により近いものが人工的に誕生する時代に、本能の誤作動みたいな愛を選んで茨の道を行く松島さんって、私はある意味すごいと思う。べつにみんなが幸せになるために恋愛するわけじゃないしね」

バーを出て下降するエレベーターの中で、門柳真紀は他の乗客の目も気にせず、思い出したように質問した。

「彼のことは、ご両親は知ってるの？」

私は、もちろん知らない、とだけ言った。彼女もさすがにそれ以上は訊かなかった。

帰りは逆方向だったので、それぞれタクシーに乗り込んだ。

薄暗い車内でＬＩＮＥが届いて、今度は雑な居酒屋でがっつり飲んで語りましょう、と頼もしいことが書かれていた。私は小さく笑って返信して、ハンドバッグにスマートフォンをしまった。

マンションに帰り着くと、寒気とふらつきを感じて、シャワーだけ浴びてベッドに潜り込んだ。夜遅く仕事仲間と飲んでいた遼一さんが帰ってきて、私の手に触れた。

「熱い」

小声だったが、私は目を開けた。

「おかえりなさい」

「永遠ちゃん、熱あるよ」

彼は私の額を触り直した。久しぶりに再会した門柳真紀にすべて話してしまった動揺が押し寄せた体は、最近の多忙もあって、限界に達したようだった。

翌日は仕事を休んだ。遼一さんは現場が近いこともあり、お昼休みにいったん買い物をして戻ってきてくれた。

私は熱で関節が緩んだような体をなんとか起こした。頭痛でくらくらしながら、卵を溶いたおじやを食べた。冷えたポカリスエットが全身に染みわたるようだった。

だけどすぐに気持ち悪くなったので、またベッドに横になった。ベッドの脇に座り込んだ遼一さんが私の顔をずっと見ているので
「仕事いいの？」

と私は壁に掛かった時計をちらっと見た。

「あと十五分くらいは」

そう言うものの、短く吐いた息の奥に少し疲労を感じた。私は手を伸ばした。彼がそっと手を取り、握り返す。分厚い手のひらはいつも私より体温が高いのに、今日は逆転していた。無言の優しさに、かえって迷いが強くなる。

愛や恋が本当にそんなに大事か。社会規範を無視して、四六時中、胸に秘密を抱えて生きるほど私一人の思い込みかもしれない初恋に価値があるものなのか。人間が社会的な生き物である以上、それを逸脱してまで守るべきものなんてあるのか。

「永遠ちゃん、難しい顔してるけど、仕事のこと考えてる？」

遼一さんが突然指摘した。悩みながらも、口を開く。

「私とのこと、後悔してない？」

「そりゃあ、してるよ。特にセックスしたことに関してはずっと」

彼がきっぱり言い切ったので、私は眉根を寄せて訊き返した。

「そんなに？」

「もちろん。後悔したって、幸せなものは仕方ないと思って暮らしてるけど、俺も未だに迷いは多いよ」

彼は私をまっすぐに見下ろすと、永遠ちゃんは？　と訊き返した。

「私は、遼一さんのそばにいることに後悔はない。ただ、私個人の恋愛感情をお互いの社会的な立場や人間関係を損ねてまで優先すべきか、少し分からなくなるときがある。それこそ好きな人と結ばれない人生だって、この世にはたくさんあるし、私一人が我慢して済むなら、そのほうがいいんじゃないかって」

「それを言い出したら、いつか四十歳以下の女の人は全員子供を産むっていう法律ができたら、それでもいいっていう話になると思うよ。俺は」

私は慌てて否定した。

「それは間違ってるし、たとえ話として極端じゃない？」

「俺のしてることは間違ってると思うけど、それと永遠ちゃん個人が我慢することを良しとするのは、別問題だろうと思ったんだよ。一人が我慢すれば済むっていうことを受け入れたら、いつか、そういう世界に突き進むことだって、あり得るよ」

「私、生まれて初めて理屈で男の人に負けた気がする」

思わず呟くと、遼一さんは呆れたように笑った。

「そういう永遠ちゃんの昔からの負けず嫌いも、俺はいいと思うから、仕方ないよ。じゃあ、そろそろ行くから。帰りはいつもの時間になると思うけど、なにか食いたいものある?」

私は極力あっさりしたものを思い浮かべて、言った。

「鱈と春菊の鍋とか」

それは胃の強い父が年に一、二回調子を崩したときに母が作る鍋だった。鱈と昆布出汁の香りに包まれると、ほろ苦い春菊も美味しく感じた。私が野菜をたくさん食べるから、父も母も珍しく誉めてくれた。

「分かった。タレはポン酢でいい?」

うん、と頷く。いい思い出の染みついた味は優しい。

次の山下翔子さんとの接見では、亡くなった旦那さんとの思い出を聞いてみよう。ふと、そんなことを思いついた。証拠集めや裁判のためだけではなく、死者を声なき被害者のまま終わらせないためにも。

熱は下がったものの、大事を取って翌日も家にいた。午後になって、萌がお見舞いに来た。

横浜の私立小学校で保護者向けの受験説明会があったという萌は、白いブラウスにタイトスカートという格好だった。黒い革のトートバッグからは茶封筒が突き出ていた。

ソーサー付きのカップに紅茶を注いで出すと、萌は私とその手元を交互に見比べて
「永遠子、本当に雰囲気が変わったよね。落ち着いて生活してる感じがする」

と言った。

「風邪はもう大丈夫なの？」

「うん。暇だから、さっきまで仕事してた」

萌は、良かった、と品良く微笑んだ。萌だって学生の頃に比べたらずいぶんと変わったよ、と心の中だけで呟く。

私たちは紅茶を飲み、萌の手土産の洋ナシのババロアを食べた。ババロアをスプーンですくうと、軽く崩れた。綺麗に食べようとして寄せ集めたが上手くいかず、潔くすくえたところを口に運ぶ。洋ナシはどんなに新鮮でも幾分か発酵が進みすぎたような味がする。

「そういえば修司君が謝ってた。虎太郎さんが、永遠子さんにはふられたって言ったみたいで。変に盛り上げようとして申し訳なかったって」

あの微妙な状況を自分がふられたと要約するのは、むしろ彼が微妙に私をふったように感じているからかもしれない。そうやって私が恥をかかないように言い換える気遣いは、虎太郎さんらしいと思った。

「なにが駄目だったのかな、と思って。最初に会ったときには、永遠子のほうが虎太郎さんを意識してるように見えたから」

「そうだね」

と私は認めた。

萌はテーブルの上にそっと両腕を置いた。

「でも、駄目なの？　こんなこと言ったら悪いけど、これまで永遠子が選んだ男の人たちと比べても、虎太郎さんは一番人間的にきちんとしていて優しいと思ったから」

私は頬杖をついて、うん、と相槌を打った。

「たしかに虎太郎さんは人間的に優しくて、きちんとしている。だけど萌、私は誰にでも公平に優しい人って全然好きじゃないんだよ」

萌は気難しい顔をして、どうして、と訊いた。

「虎太郎さんは、お母さんが病気になれば、妻よりもそちらを優先して介護する。萌のお母さんが風邪をひけば、子供たちのことを考えた場所選びを優先する。そのとき一番困っている人や弱い者を優先して気遣う。人としてはとても正しくて美しいと思う。だけど、私は強いんだよ。彼にとって私はむしろ後回しにされる側なの。私が強くても弱くても、常に一番じゃなければ嫌だよ。もちろん他人にだって優しくあってほしい。けど、その優先順位が入れ替わったときに、理由が納得できるものであるほど、私はなにも言えなくなる。私は弁護士だから、正論も良心も差し出されたら、否定できないよ。だからせめて恋人だけは私を常識の外側で一番にしてほしいんだよ」

萌はなにも言い返さなかった。

「そういえば萌、話は変わるけど、実家のことってどうなったの？」

「ああ。あれは、やっぱり修司君と男の人たちにまかせることにした。一時は社長になるなんて夢を抱いたけど、育児しながら勉強して資格を取って、経営のことを考えたり、会社の大事なことを即決したりって私には無理だな、と思って。家の中からアドバイスして支えてるほうが合ってると思う」

「そっか。修司さんは責任感強いから、大丈夫だと思うよ」

「うん。それで虎太郎さんとも協力して仕事で組もうとしているみたい。それなら修司君のバランスも取れそうだなって」

私は頷いた。そして振り返った。新大久保で、萌たち家族と私と虎太郎さんでお昼ご飯を食べたときのことを。私に気を配りつつも、虎太郎さんが一番気を向けていたのは萌と子供たちだった。変な意味ではなく、たぶん虎太郎さんにも萌みたいな女性のほうが合うのだ。

類は友を呼ぶ、という諺を思い出したところで、自分に立ち返った。

「永遠子こそ、これから先どうするの？」

私と萌はずっと一番の友達だった。肩書きも家庭もなかった頃の記憶を互いに共有していたから。

「さすがにそのうちに実家の親がなにか言ってくるかもしれないけど、また遼一さんと別々に暮らすことになったとしても、別れないよ」

けれど、今の私たちはけっして近いところでは生きていないのかもしれない。

「永遠子は、昔からそうだよね。いったん決めたら、絶対に折れない。まわりがなにを言っても」

「なにか言いたいんだよね？」

「不健全だと思う」

萌は苦しそうに言い切った。お見舞いというのは口実で、本当はこの話をしに来たのだと分かった。本来、子供がいるのに病み上がりの友人宅を訪ねるほど萌は無頓着ではない。

「永遠子の気持ちは分からなくもないよ。理解したいとも思った。けど遼一さんはそれこそ永遠子が赤ちゃんのときから知ってるんじゃないの？　修司君にも姪が一人いるけど、今から十数年後にその子と付き合うようなものだよね。生理的に無理だって思わないのが、私には理解できない。遼一さんの気持ちのほうが」

「私と遼一さんは元々、年に数回程度しか会ってなかったから」

「そういう問題じゃない。子供って、私たちが思っている以上に、子供なんだよ？　その成長過程を知っていて、成人してからでも性的な対象として見るなんて、ぞっとすることだと思う。永遠子は、叔父さんと姪が結婚できるようになればいいとか、本気で思ってるの？」

「まさか。そんなこと思ってないよ」

私は驚いて即答した。萌が釈然としないという顔をした。

「どうして？　世間的に認められなくていいの？」

「叔父と姪の一般的な年齢差を考えれば、姪側のメリットはほぼないから。特殊な家庭環境の中で近親婚を強いられる可能性や、近親相姦の正当化に使われる危険性のほうが遥かに高い。私は、私一個人の欲望のために、そんな世界を望んだりはしない」

「でも、遼一さんとは別れないんだよね」

「遼一さんがもう無理だと言わないかぎりは」

「言わないよ。だって、あの人、永遠子のことを誰よりも自分が分かってるような顔してたし」

と萌はため息まじりに言い捨てた。私にとっての遼一さんは一歩引いた立ち位置にいる印象だったので、萌の目にそう映ったことは意外でもあった。

仮に萌が性犯罪者の男性を、そうと知った上で愛したら、私はどうするだろうと想像してみる。おそらく私は萌とは友人でいられないだろう。譲れない正義はあるのだ。

「遼一さんはあの年齢で独身だったら、この先も一人だろうし、人生を捧げるほどの価値が永遠子との関係にはあると思う。けど永遠子はもし他に結婚したいくらい好きな人ができたら、実の叔父さんと関係があったことを死ぬまで隠し通すんだよ。私があの人で、本当に永遠子のことを考えてたら、絶対に関係したりしない。好きで始めたことかもしれないけど、永遠子は一方的に呪いをかけられたんだよ」

そんな後戻りできない呪いさえ愛しいと感じる私はやっぱりどこか壊れているのだろうか。

「幸せになれない相手だったら良かったけど」

ひとりごとのように呟く。萌が戸惑ったように、続きを言いかけて黙った。

「九歳のときにこの人が好きだと思って、三十代でも思ったなら、私は五十代でも同じことを思うよ。遼一さんが八十歳過ぎまで生きたとして、私はその頃ようやく仕事の定年を考え始める年齢で、まだやりたいこともあるだろうし、そうして一人になって自分の人生を振り返ったとき、きっと初恋の人と内縁の関係にあったことを幸せに思う。むしろ深く責任を感じているのは遼一さんのほうで、それでも私が無理やりに彼に迫ったことを否定されないのは、私が年下の姪だから。女性であることも年下であることも私は利用した。呪いをかけたのは私のほうだよ」

萌は紅茶だけ飲み干し、ババロアは三分の一ほど残した。その胃に受け付けられないものを詰め込んだことを申し訳ないと思った。

玄関で靴を履くときに、萌が言った。

「虎太郎さんから、また友人としてみんなで集まりたいって言われてるから。そのときは誘ってもいい？」

私は、もちろん、と答えた。萌は微笑んで、ドアの外へと出ていった。廊下を遠ざかる足音が響く。この部屋のドアは案外薄い。まるで恋人と別れた直後のように萌のいいところばかり思い出した。

学生の頃から、私が嫌なことがあったと打ち明けたときには時間を作ってすぐに駆けつけてくれた。マイペースなようで、他人の気持ちを繊細に見ている子だった。修司さんの実家にも自分の両親にも優しい萌は私よりもずっと誠実で地に足が着いていた。

カップを片付けて、ババロアの残りをゴミ箱に捨てる。濡らして絞ったキッチンクロスでテーブルを拭き、掛け時計を見ると、午後三時を過ぎたところだった。いきなり足元をすくわれたような不安を一瞬感じて揺らいだ。

ブラインドを下ろしたままの寝室のベッドに横たわり、門柳真紀にメッセージを送った。仕事中にごめん、と追加で付け加える間もなく返事があった。

スタバで論文書いてた。研究室の Wi-Fi 不安定で。

こちらが書き送るよりも先に、こんな言葉が続いた。

長い友達だからこそ、受け入れるのに時間がかかることってあるかもね。ちなみにそういう話ってパートナーの男性に相談してる？

私は軽く目線を天井にそらした。そして、打ち返した。

あんまり、しない。話したら関係が終わりそうで。

門柳真紀の返信は、簡潔なものだった。

それは松島さんが本当の意味で彼を信頼していないよ。

萌の良識的な優しさとは対照的に、常識に縛られない彼女だからこそ、手厳しく本質を突かれたと思った。

私は枕元にスマートフォンを伏せて置いた。病み上がりで頭痛がぶり返し、目を閉じる。

布団の中で胎児のように丸くなっていたら、いつもよりも早い時間に遼一さんが帰ってきた。

ブラインドを薄く開けると、外は暗かった。暮れなずむ空に午後五時のチャイムが鳴り響く。

寝室を出ると、台所を見ていた遼一さんが振り返った。

「ただいま。誰か来てたの？」

気持ちが溢れてしまい、思わず
「ごめんなさい」

と謝っていた。

彼はゆっくりとこちらに近付いてくると、びっくりするほど優しい目をして
「浮気？」

と訊いた。私は驚いて即座に否定した。

「違う。萌が来てた。それで、遼一さんとのことを話して」

「うん」

「子供がいる自分には理解できないって言われて」

「うん」

「そのこと、遼一さんには黙っていようと思ってたら、べつの女友達に彼を信頼してないって指摘されて」

「それで、永遠ちゃんはどうして俺に謝った？」

私は床に突っ立ったまま、呆然として遼一さんを仰ぎ見た。彼は去年よりも幾分か皺の深くなった目元を鋭くした。でも、その奥の瞳は変わらず優しかった。私がなにを言っても許す目をしていた。

私は今までこの人のなにを見ていたのだろう、と思う。

「私は、遼一さんから離れられない。だけど遼一さんがどれくらい私を必要としているかは今も分からない。たとえば千葉に住むことだって、それを遼一さんが求めていると思ってなかった」

彼は重たい息を吐くと、曲がっていた背を少し伸ばした。そうすると身長差がより際立った。

「永遠ちゃん」

今度は私が、うん、と頷く番だった。

「あなたは昔から負けん気が強いわりには、ちょっと意見が違ったら、話し合うことを投げ出すくせがあるよ」

「はい」

「たしかにあなたは強いよ。けど、それはあなたが弱いところを見せるのを嫌うからっていうのも、あるよ。そうやって自分の結論ばっかり先に用意していたら、他人のいる意味なんてないよ」

「私は遼一さんの言うことはちゃんと聞いてるつもりだった」

彼は後頭部を掻くと、寝室に入った。私がついていくと、彼は化粧台の引き出しを開けた。

引っ張り出したのは、水色の錠剤のシートだった。

「これ、どうして俺に黙ってたの？」

私は途方に暮れて、彼が手にした錠剤のシートを見つめていた。

「だって、子供ができる可能性はほぼないとはいえ、一応は」

それは婦人科で三カ月分もらってきた避妊用の低用量ピルだった。

「だから遼一さんはセックスしたことを後悔してるって言ったの？」

私は顔を上げて尋ねた。

「こういう話もできないようなら、結局、永遠ちゃん一人に悩ませてるだけで、あの夏の晩から俺とあなたは一歩も前に進んでないんじゃないかと思ったよ」

「遼一さんだって言わないじゃん。私のことが好きとか、必要だとか、この先もずっと一緒にいたいとか」

「それは決めてるからだよ」

彼が怒ったように言い返した。私は、だからなにを、と問い質した。

「口先だけなら、なんとでも言えるけど、そうじゃなくて、お互いに現実的な覚悟ができたらこうするってことを、俺は決めてるんだよ」

「それにはまず先に信じられる言葉が必要だとは思わない？」

私が訴えても、遼一さんは譲ろうとしなかった。この人の言うことだけは聞いてしまうのは自分よりも頑固だからかもしれない、と諦めた。

翌朝は同じ時間に目覚めたけれど、私が朝ご飯を食べる間に、遼一さんはさっさと支度して仕事に出てしまった。私も玄関先で見送ることはしなかった。

山下翔子さんに着替えやタオルを差し入れると、彼女は申し訳なさそうに何度もお礼を口にした。

「ご体調はいかがですか？」

私は少しゆっくりとした呼吸を意識して尋ねた。そうやって心を砕いていると、彼女も気を許したように、これまでよりも多く自分の話をしてくれた。

「先生から気にかけていただくたびに、娘が生き返ったみたいで」

白髪交じりの縮れた前髪のかかった優しい目元に、涙が滲んだ。不思議だった。こういう人が、自分の母親としてではなく被告人として拘置所にいることが。

「お支払いする費用だって、もっと高いと思っていたんですよ。こんなに良くして頂いてるのに申し訳なくて」

「そのことなんですけど、貯金はずっとされていたんですか？　差し支えなければ、介護費に充てなかった理由をお伺いしたくて。私にはわざわざ報酬を払って依頼して下さったことが気にかかっていたので」

彼女はしばらくなにかを堪えるように黙っていたが
「その貯金は、娘が死んだときに保険会社から支払われたものなんです。だから使うことも考えずに二十年以上、銀行口座に眠らせていたもので。主人は私が一人になったら生活費にしなさいと言ってたんですけど、そのお金を使ったら、本当になにもなくなってしまう気がして」

ようやく、そう打ち明けてくれた。

「そういったご事情があったんですね」

深く納得して頷く。彼女は続けざまに言った。

「先生にお会いしたときに、こういう娘みたいな方が一生懸命やって下さることに対して使えるならいいなって思ったんです。ごめんなさいね、そんなことを言われても迷惑かもしれないですけど」

いいえ、と私は首を横に振った。

「ありがたいです。私はそんなに実家の母からは気にかけられることがないので」

打ち明け話に対して、つい本音で返してしまった。彼女は驚いたように訊いた。

「そうなんですか。だって、きっとたくさん勉強して、立派な仕事に就いて、こんな娘さんがいたら、お母様だって嬉しいでしょう？」

「いいえ。母はそういうことに価値を置いていないので」

「なにかあったんですか？　仲違いするようなことが？」

私は曖昧に微笑みながら、腕時計を盗み見た。今日はできれば殺害に至った経緯までもう一度詳しく踏み込みたいと思っていた。けれど、いま山下翔子さんはむしろ私の話を聞きたがっている。

以前の私なら、杓子定規に会話を切っていたかもしれない。

「高校生のときでした。夕方にNHKをつけたら、大手の会社同士が合併したというニュースが流れて。そのときに母が喋ったんです。女子大を卒業して受付嬢として働いていた頃に、この会社の三男に告白されたけど断ったって」

「まあ。お母様も、きっと素敵な方なのねえ」

と彼女は驚いたように目を細めた。

「一般的に女性らしいと言われる人ではあると思います。びっくりして、どうして断ったのかと理由を訊いたんです。そうしたら母がちょっと馬鹿にしたように笑って。その三男の方、子供の頃に病気をして、多少の後遺症が体に残っていたそうで」

振り返った母は、冷蔵庫から取り出したばかりの卵を手にしていた。そして、その卵一つ分よりも軽い言い方で付け加えた。

「だってそんな人、いくらお金持ちでも、恥ずかしくて一緒に歩けないじゃない」

テレビの前にいた私はこちらが誤解して聞き間違えたのだと、本気で思い込もうとした。仮にも自分の母親が差別的な発言をするなんて信じたくなかった。けど、振り返ってみれば、母は昔から私に耳を疑うようなことを時々言った。

それをきっかけに、私は母からも父からも離れなければならないと思うようになったのだ。

語り終えると、山下翔子さんは困ったように言い淀んでしまった。私は苦笑して謝った。

「すみません。すっかり私の話になってしまって」

「いいえ。ほら、最近は毒親みたいな言葉もあって、私はいくらなんでもそれは育ててくれた親に酷いと思うけど、先生がそう感じるなら、人それぞれ事情はありますものね」

たぶん違うんです、と私はやんわり伝えた。

「確執とか毒親とか、そういう複雑なものではなく、母は基本的に性格が良くないんです。少なくとも同級生だったら友達にはなりたくないです。その事実が、思春期の私にはけっこうショックでした」

「そんなことが、ねえ。だけど、他人の気持ちが分からない人って、案外、多いですから。それでも、生きて話せるなら、まだ救われるものですけどね」

彼女の最後の一言は、今の私にはまだピンと来ず、無難に微笑み返した。

「それこそ主人の妹も誉められた人では、ないんですよ。今は体も悪くして大人しくなりましたけど、若い頃はギャンブルが好きで、私達にまでお金を貸してくれって何度も夫婦で訪ねてきてたんですよ。自分は人の面倒なんて見られないからって、両親の介護も我が家に任せっきりで」

初めて聞く話だった。彼女に対して寛大だった義妹の印象が裏返る。

「山下さんが事件を起こす直前にも、そういったトラブルがあったりしましたか？」

彼女は口元に手を当てて、迷ったように考え込むと、切り出した。

「それが、べつにきっかけっていうわけじゃないんです。ただ……事件の少し前、あの人が病院へ寄った帰りに久しぶりに家に来たことがあって。そのときには家の中が臭い臭いと言って、すぐに帰ったんですけど」

「そのときに、なにか言われましたか？」

私は扉を押し開くように重ねて訊いた。

「……兄さんを楽にしてあげればいいのにって、突然、言われたんです。万が一、翔子さんが先に亡くなったら、私は面倒みられないから兄さんは一人きりになるよって」

山下翔子さんは言い終えると、疲れたように息をついた。

「その後も何度か同じことを言われたり、具体的な方法を提案されたことはありましたか？」

けれど彼女は首を横に振った。

「いえ、その一度っきりです。臭い、臭いってあの人に叱られるだけで頭がぼうっとなってしまったところもあったとは思いますけど、実際になにをされたわけではないですから」

それだけで教唆犯として立件するのはたしかに難しい。私は腕組みした。あの義妹に会ったときに抱いた違和感の正体を理解した。

義妹にしてみれば自ら手を下すことなく実兄の介護から逃れることができて、殺してくれてラッキーくらいには考えているかもしれない。その分、法廷で山下翔子さんの有利になるような証言をしてくれるだろうか。あるいは、関わり合いになりたくないと思って断ってくるか。

正直、あの手の人種は後者だという気がした。心理的に追い詰められた人に殺人をそそのかすという行為は心情的に受け入れられたものではないが、司法の上ではその程度ならまず無罪だ。

接見を終えて、帰りの電車の中ではずっとそのことが頭を巡っていた。愛しているのに奪ったり奪われたりしてしまうこと。人を人とも思わない身内。なんとか罰せないのかと勢い余って考えたりもするが、それはもはや私刑の領域だ。社会が感情で人を裁くようになれば終わりなのだ。

それに冷たいようだが、最終的に殺人を決意したのは山下翔子さん自身だ。過度に責任を奪ってしまうことは、その人の人権まで奪うこと。大学の法学部時代、尊敬していたゼミの担当教授が口にした言葉だった。もともと執行猶予のつく可能性が高い事件ではあるのだから、争点を絞って本来の目的のためにパーツを集めようと思った。

こういうことを経験で学ぶための刑事事件なのだ、と悟る。

明日事務所に行ったら、今後はもっと刑事事件を担当したいということを山岡先生に相談してみようと思った。

疲れ切って朝ぎりぎりまでベッドで眠っていたら、ドアの向こうから遼一さんの喋り声が聞こえた。無口な彼にしては、砕けた調子の相槌を頻繁に打っている。それで相手は父か祖母だろうと思っていたら、静かになった。

寝室のドアが開いて、明るい朝の光が床に差した。

「永遠ちゃん。お袋が倒れて入院したから、俺、今日このまま様子見に行ってみるよ」

私は驚いて起き上がった。

「おばあちゃん、どうしたの？」

「縁側で血を吐いて倒れてたって。今朝、訪ねてきた庭師の人が声かけようとして気付いてくれたみたいだよ。兄貴は今日どうしてもお世話になった得意先の接待があって外せないみたいだから、一足先に様子見てくる」

私が心配している間、遼一さんは仕事の現場に電話をかけていた。

電話を切った彼に、私は思いついて言った。

「私も一緒に行く」

「え？　だって永遠ちゃん、仕事は？」

「今日は裁判所や依頼先に行く予定も入ってないから、有休申請しちゃう。明日うちの父親が来たら、交代で帰る」

「いいけど、一日くらい俺一人でも大丈夫だよ」

私は首を横に振った。父に打たれて鼓膜を怪我したのも、離れの部屋で遼一さんと隠れてお酒を飲んだのも、祖母の家での出来事だった。緊張感に満ちた懐かしい田舎の家をなぜか久しぶりに見たくなった。

新宿駅の特急列車のホームは、大荷物を担いだ外国人観光客だらけだった。日本人は私たちと大学生の女の子二人くらいだった。

横並びの座席に落ち着くと、深く息をついた遼一さんを私は見た。ここ数日間の気まずさが祖母の入院によってすっかり吹き飛ばされてしまった。初めて二人きりで旅行に出かけているみたいで、不謹慎だけどちょっと嬉しくなってしまう。

さすがに遼一さんには言えないと思っていたら
「なんか、旅行みたいだね」

彼は崎陽軒の弁当の蓋を開けて言った。私は控えめに笑った。

「心配じゃない？」

「心配だけど。お袋もいい年だしね」

遼一さんが祖母の年齢になる頃の自分を指折り数えると、まだ若くてびっくりした。分かっているはずなのに、何度だって、つかの間は我に返る。

「永遠ちゃんは兄貴に会うの、前に帰って以来だっけ？」

私はまだ上の空で、うん、と相槌を打った。

「うちの親父の法事もやらなくなってからは、こんなふうに集まるのも久しぶりだな」

「そうだよね。そういえば明日、うちの母親は来るのかな」

私は思いついて尋ねた。来ないいんじゃないの、と遼一さんはあっさり言ってシュウマイを齧った。

「そもそも結子さんってこっちの実家にほとんど来たことないでしょう。気疲れするって言って」

「そういえば、そうかも。私、着いたら電話してみるよ」

遼一さんは頷いて、お弁当の空揚げを私の蓋の上に載せた。こんなに食べられないから、と笑った。

山岡先生から紹介された刑事事件専門の弁護士にメールを送る間、遼一さんはカバンから文庫本を出して読んでいた。

メールを送信すると、やることがまた増えるかもしれない、と予感する。頭が仕事一色になりかけたときに遼一さんと目があったので、今はしばし忘れることにした。それこそ次にいつこんなふうに遠出できるか分からないのだ。

特急列車のドアが開くと、ホームの向こうの山々は紅葉していた。一瞬、別世界に来たようだった。

無人の改札を出て、二人で陽だまりの中を歩いた。閑散とした商店街は大半の店がシャッターを下ろしていた。唯一の大型スーパーマーケットだけが改装されて綺麗になっていた。

「昔来たときよりも寂れた気がする」

そんな感想を口にすると、遼一さんは気持ち良さそうに煙草を吸いながら

「だから、お袋、戻って来ないかって言ってたのかな」

と唐突に言った。

「そんなこと、言われてたの？」

「うん。兄貴は難しいだろうけど、俺なら独身だし、こっちでもできる仕事だから、少し期待したんじゃないかな」

そっか、と呟く。子供には子供の人生があると前なら声高に言っていただろう。だけど、年老いて一人になってからの不安を否定することは今の私にはできない。

祖母の家に到着すると、遼一さんは門の合鍵を取り出して開けた。木戸の軋む音と共に、飛び石の敷かれたアプローチが目の前に現れる。私は彼の後ろからついていった。

扉を開けて玄関から見た家の中は、以前の記憶からほとんど変わっていなかった。空気の中に比較的新しいい草の匂いが紛れ込んでいた。

「俺、裏の植木屋さんのところに行ってくるから。来客用の和室に荷物置いたら、永遠ちゃんはいったん部屋の様子を見てくれる？」

彼はそう告げて、外へ出ていった。

薄暗い土間は寒さが容赦なく、私は室内に上がり込んで居間にあった石油ストーブをつけた。体が少し暖まると、祖母が倒れていたという縁側に向かった。襖を開けると、すぐにぬるい生臭さを鼻の奥に嗅ぎ取った。床に残った赤黒い血の混ざった嘔吐物を見つけた。

風呂場に向かい、掃除用のゴム手袋を嵌めてから、雑巾や除菌スプレーを抱えて戻った。

床の汚れを大量のティッシュで拭き取り、除菌スプレーをかけて、雑巾で二度拭きして、最後はゴミ袋に入れて口を縛って捨てた。

そのタイミングで遼一さんが戻ってきた。

「掃除してくれたの？　ごめん。俺がやろうと思ってたのに」

「いいよ。それより病院にも行くよね？」

「うん。自転車で行ける距離だから、着替えを持って様子見に行ってくる。一台しかないから、永遠ちゃんは休んでて」

ふたたび一人きりになると、来客用の和室に入り、畳の上に二人分の荷物を置いた。

座り込んで息をつく間もなく、電話がかかってきた。知らない番号からだった。

「お忙しい時間帯にすみません。杉並警察署の者ですが」

それは私を襲おうとした犯人が逮捕されたという知らせだった。動機は仕事絡みの怨恨などではなく、帰宅中の女性を狙った通り魔的な犯行だったことも判明した。

逮捕という単語を聞いた瞬間、全身のネジが浮いて外れかけたようになった。心の奥深いところでまた同じ目に遭うのではないかと気を張り続けていたことを、遅れて自覚した。ほっとした頭の隅に、これで遼一さんと暮らす大義名分がなくなった、ということが過る。

電話を切って、どれくらい時間が経っただろう。気付いたら、玄関のドアが開く音がした。

「ただいま」

出迎えた私に、遼一さんは言った。

「おかえり。早かったね」

「うん。感染症対策で面会できなかったから。お袋が病室の窓越しに手を振ってくれたよ。意識もあるし、意外と元気そうだったよ」

彼はそう伝えながら和室の障子を開けて、窓の鍵を外した。

視界が広くなり、緑と紅葉の混在した庭が現れる。ざあっと風が通り過ぎたように楓の葉が鳴った。

「すごい庭」

と私は大変な状況を忘れて、思わず言った。

「こういう家と景色の価値って、子供のときには半分くらいしか分かってなかったな」

庭の木々には名も分からない鳥たちが絶えずやってきて囀《さえず》った。

遼一さんは座って、低い窓枠に片肘をついた。景色を眺める彼は、私のことなど忘れたように放心していた。それが、不思議と気楽で心地よかった。

畳の上に寝転がると、首や肩が呼吸を詰まらせたような凝り方をしていた。心身共に柔軟な子供時代は過ぎ去ったことを実感した。

床の間には赤色の九谷焼らしき壺や立派な掛け軸が飾られていて、こういう物にも昔は気を向けなかった。

遼一さんがなにか言いかけたタイミングで、母からの電話があった。私はスマートフォンを手にして廊下に出た。

母は思いのほか柔らかく喋り始めて、祖母や遼一さんや私を気遣うようなことを言った。

「お父さんも明日のお昼には行くって言ってたから。それまで、よろしくね」

分かった、と私は答えた。それから
「お母さんは来ないの？」

と訊いてみた。

「入院中に他人の私まで勝手に家に上がり込んだら、かえってお義母さんの気が休まらないでしょう。息子と孫だったら気にしないだろうけど。永遠ちゃんが女の子で良かった。とくに遼一さんには今お世話になってるから」

小学生のときにこの家で父に殴られて鼓膜を怪我したときも、母は電話の向こうにいた。台所を手伝うのも、親戚のために働くのも、父が連れて来た一人娘である私の役割だった。

「私、身代わりだったのかな」

喉の奥から、そんな言葉が出た。

「え？」

なんでもない、と私は話を切り替えた。

「遼一さんも、お母さんによろしくって言ってたよ」

今後のことも考えて、そんな嘘をついた。

「そうなの？　この前、永遠ちゃんを迎えに来てもらったときには、ほとんど話もせずに帰っちゃったけど」

母は少し不服そうではあったが、声の調子はまんざらでもないようだった。私は少し悲しくなる。お母さん。世界の半分は女性で出来ているんだよ。そして女性はべつに男性に気分良くなってもらうために存在しているんじゃないんだよ。

「私もこの前は突然夜中に帰って、二、三日ゆっくりさせてもらって、感謝してるよ」

途端に、どうしたのいきなり、と母は笑い飛ばした。喜んでいるのか軽んじているのか分からない声が鼓膜に焼き付く。

「永遠ちゃんはいいわよね」

と母が言ったので、不意を突かれた。

「昔から頑固で話を聞かないわりには、付き合いの長い友達もいて、みんなに頼りにされて」

この先何年もかけて、いつかは母と分かり合う日が来るのだろうか、と考える。山下翔子さんと対話したように、限りなく親密な赤の他人として出会い直せる日が。

「ずっと気になってたんだけど、どうしてお母さんはお父さんと結婚したの？」

という問いを、初めてぶつけてみた。

「え？　だって、私が結婚してもご実家とは上手くお付き合いなんてできないって言ったときに、それでもいいよって言ってくれたのがお父さんだけだったから。おまえの好きにさせるって約束してくれたから結婚したのよ」

「お父さんが？」

驚いて訊き返した。以前、遼一さんが口にした南天の短歌が記憶から浮かび上がってきた。

「そうよ。私が望むことを、お父さんはいつも一番に叶えてくれたんだから。そんな人は他にいないもの」

私は釈然としない想いを抱きつつ、電話を切った。少し頭が混乱していた。

廊下の突き当りのトイレに入ったら、便器の下にファンシーな黄色い花柄のマットが敷かれていた。窓辺には陶器の子猫の置物が並んでいる。立派な床の間との落差に気持ちが和んだ。そこまでいい思い出のない祖母の家なのに、こういう細部に懐かしさが宿っている。

襖を開けて遼一さんを見下ろす。ベージュ色の畳はまだ新しく、日焼けがなかった。人が来ることを考えて最近入れ替えたのかもしれない。

人は一人では生きられない、という当たり前のことを思う。

「電話、大丈夫だった？」

彼が顔を上げて訊いた。

「うん。遼一さんにはお世話になってるって感謝してたよ」

ふうん、と彼は受け流すと
「永遠ちゃん、お茶でも飲む？」

そう言って腰を上げかけたので、私は慌ててそれを制した。

一人で台所に行って、湯を沸かして戸棚を探り、二人分の濃い緑茶を淹れた。女だからと言われれば腹は立つが、私にこういう気遣いが欠けているのもたしかだ。

お茶を出すと、遼一さんはきちんとお礼を言ってくれてから、口を付けた。

「そういえばさっき初めて、母が父と結婚した理由を訊いたの。遼一さんは知ってた？」

彼は曖昧に首を振った。

「それが決定的な理由かは知らないけど、彼女が太田商事の三男坊と上手くいかなくて傷ついた後に、兄貴が求婚して口説き落としたのは知ってるよ」

私は、え、と訊き返した。

「太田商事の息子って、母から断ったんじゃないの？」

喋りながらお茶を啜ったら、舌にぴりっと痛みが走った。熱すぎて火傷したようだった。

「そもそも家柄が良すぎて、結子さんのほうが最初から自信なかったんだと思うよ。それで私なんかでいいんですかって訊いたら、相手の三男坊は体がちょっと悪かったかなんかで、言ったらしいんだよ」

「なんて？」

「僕はこういう体ですから、親も期待してないので、あなたくらいの家柄でも問題ありません。それなりの育ちのふりはして頂きたいですけどって」

「なにそれ。失礼な話」

私は思わず腹を立てて言った。

「たしかまだ兄貴と結婚するって話になる前に、三人で一度だけ飲んだときかな。結子さん、そのことを打ち明けながら泣き出しちゃったんだよな。それを隣で聞いてた兄貴が一言だけ、僕はあなたにそんな思いはさせませんからって言ったんだよ。あれがプロポーズだったんだと思うよ。今から振り返れば」

「まったく知らなかったし、まったく想像つかない」

呆気に取られていた私に、遼一さんは続けた。

「俺は結子さんのことは好きじゃないけど、兄貴がそこまで惚れ込んで夫婦になったたっていうのは幸せなことだと思うよ。そういう男だから、永遠ちゃんみたいに泣かずに戦うような女の子のことは分かんなかったんだろうけど」

私は黙って窓越しに庭を見た。隣家の白い壁を柄付けするように銀杏のシルエットが映り込んで揺れていた。その葉の隙間から落ちた日も、苔が生《む》した地面に美しい陰影をつけていた。

過去を知ったからといって父や母を急に好きになれるわけではない。ただ、彼らもまた私の知らないところで誰かから傷つけられたり深い愛を与え合ったりした一人一人の人間なのだと、俯瞰して初めて実感した。

「そういえば私を襲った犯人、逮捕されたらしいよ」

私は遼一さんに報告した。彼は真顔で
「そうか。それは、本当に良かった。これで永遠ちゃんも安心して眠れるな」

と頷いた。それからふと思いついたように訊いた。

「俺がこっちで暮らすって言ったら、永遠ちゃん、さすがについてこないでしょう」

数秒だけ考えて、言った。

「いや、それでもいいよ。都心には元々弁護士事務所の数が多すぎるくらいだから」

「本気で言ってんの?」

半信半疑で訊き返した彼に、私は真顔で続けた。

「うん。もう少し経験積まないと独立はさすがに自信ないから、二、三年待ってほしいけど」

遼一さんがなぜか不安を覚えたような目をした。その理由を問い質す間もなく
「それはさすがに対等じゃないな。永遠ちゃんの人生を奪ってる」

などと柄にもないことを言われて、不健全と泣きそうな目で言った萌の顔が浮かんだ。そこに、他人事のように笑った門柳真紀の顔も割り込んできた。

いったい私は誰の目を気にして、なにを守ろうとしていたのだろう。

「奪われたくないなんて、私、言ってない」

周りになにか言われるたびに揺れるのは抗いようがない。それでも遼一さんという初恋から解放されて自分の人生を取り戻したいとは、やっぱり微塵も思わない。

「むしろ奪い続けてほしいよ。私の、一人で背負い込めばいいと思っている傲慢さも、視野の狭い強さも。子供のときから弱い女の子になる余裕なんてなくて、そんな中で遼一さんだけに見せられる弱さが、私にとっては泣きたいほど大事で、だから私は対等なんてそもそも望んでないし、遼一さんだけのやり方で信じ続けてほしい」

「なにを」

「私が、遼一さんを死ぬまで好きだって」

その瞬間、遼一さんが
「うん」

と認めるように頷いたので、私は呆れて噴き出した。永遠子のことを誰よりも分かっているような顔、という萌の指摘に納得する。そして、自分の気持ちを通すために周りの声に耳を塞ぎすぎていたかもしれないと悟る。

今の萌とは生きる世界が違うという一言で片付けようとしていた。そう決めつけてしまえば、疎遠になっても仕方ないと切り捨てられるから。だけど最終的に否定されたとしても、私は彼女に理解されることを願って言葉を尽くすべきだったのではないか。遼一さんのことは自分だけが分かっていればいいと、端から割り切るのではなく。

私が笑っている理由に気付いたのか、彼は苦笑して背を向けた。その背中に近付く。二人で畳に寝転がると、遼一さんが私の腰を抱き寄せた。その頭を抱え込むと、巨大な卵を孵化させるために温めている気分になった。

「ダチョウの卵って、これくらいだっけ。たぶん」

遼一さんがくしゃみを堪えたような笑い方をした。

「なんで今それが出てきた」

「分かんない。なんとなく」

案外よく通る声で笑われた。私も笑いかけて、訊いた。

「遼一さんが昔の恋人に結婚を断られた理由ってなんだったの？」

ようやく訊けた、という感慨を覚えた。私も案外、引きずるほうなのかもしれない。

それに対する彼の返事は、簡潔なものだった。

「子供」

「へ？」

と私は訊き返した。

「結婚前に一度は調べてくれって言われて、律儀に病院行ったら、俺のほうに先天的な障害があるって分かって。まあ、あっちも別れは切り出しづらかったとは思うよ」

「そうだったんだ」

と私は呟いた。それしか言えなかった。私の複雑な心境を代弁するように、そういう家系なのかもね、と彼が言い添えた。だから彼は決めていたのだろうか。私の人生ごと引き受けることを。

「それで、遼一さんは私と関係を持ったの？」

遼一さんはムッとした顔になって、違うよ、と答えた。

「分かったからだよ。たとえ姪でも、女の人が人生をかけて飛び込んできたことが。だから、俺も決められたんだよ」

彼は体を離すと
「千葉でも東京でもこっちでも、ちゃんと住むなら、明日あらためて兄貴に話そう」

提案ではなく言い切った。思わず訊き返す。

「恋愛関係だってことも？」

「それは言わない」

という答えが返ってきたのは、予想外だった。

「一緒に住むってことだけで説得するつもり？」

「俺は永遠ちゃんと逃避行したいわけじゃないし、それでなんやかんや罵られてあなたが無意味に傷つくことも望んでない。普通に働いて、生活して、色々勘繰られたり疑われたりしつつも、いつか、なあなあになってこちらの状況に周りが慣れて諦めるまで、一緒に耐えてくれますか？」

遼一さんが私の目を見た。耐える、という言葉を生まれて初めて甘く感じた。

「はい」

と私は答えた。


備え付けの木棚や白いタイルが懐かしい台所で、遼一さんと夕飯を作った。大鍋にカレーを煮込んだ。なぜかそれが今日のメニューにふさわしいように思った。

がしゃっと千切ったレタスを落としたボウルの水は指先に電流が走るほど冷たくて、一瞬、こういう暮らしもいいのかもと考えていた。数日間もいれば、都会が恋しくなるのかもしれないけど。

暗くなってきたので、シェードから下りた紐を引っ張って蛍光灯をつけた。テーブルの上に、遼一さんの指示でレタスとフルーツトマトとホタテ缶をマヨネーズと砂糖で和えたサラダと、大盛りのカレーの皿を並べる。お腹が鳴って振り向くと、掛け時計は午後五時を指していた。田舎の一日は短くて早い。

ごろんと豚肉もジャガイモも人参も大きく切ったカレーは美味しかった。サラダも案外本格的ないいお惣菜の味がした。

片付けて、お風呂に入り、缶ビールを一本飲んでも、まだ午後七時過ぎだった。静けさに虫の鳴き声が混ざる。

そのとき、ＮＨＫニュースを見ていた遼一さんが

「永遠ちゃん、今夜って流星群らしいよ」

とテレビを指さした。

私はトイレに行くついでに和室に戻って、試しに窓を開けてみた。闇に紛れた紅葉や松葉に多少遮られてはいるものの、星はよく見えた。

風が吹くと、庭木が大きく腕を揺らした。子供のときにはこうやって窓辺に座り込んで、ずっと夜空を見ていた。星月夜の下、妖怪や幽霊のようにざわめく木々の影にさえもわくわくした。

遼一さんがやって来て

「星、見える？　午後十時頃がピークだって」

などと話しかけながら隣に座った。

相槌を打ちかけた私は思いついて、彼を見た。

「今夜は眠る直前まで窓を開けておかない？　寒いかもしれないけど、毛布と羽毛布団をたくさんかけて」

また夜空へと視線を戻す。

「流れ星を見ながら眠ろう？」

遼一さんが、うん、と頷いてから、おもむろに私の左手を取った。

そして思いがけない展開に言葉を詰まらせて泣き出しかけた私の手のひらに、シンプルな細い金の指輪を握らせた。


夢物語のような時間が終わり、翌日に私たちは東京で同居を続けることを父に打ち明けた。

祖母の見舞いを終えて戻ってきたばかりの父は、遼一さんが話を終えた途端、真っ赤な顔になって無言で立ち上がった。そして、いきなり彼の横顔をこぶしで殴りつけた。

遼一さんはさすがに父よりも体格が良くて日頃から仕事で鍛えているだけあって、ひっくり返ることはなかった。それでも唇の端に軽く血が滲んだ。

私は突然のことに目を見開いて、父をまっすぐに見返した。父は反論の余地も与えずに
「いいかげんにしろっ。こっちはずっとまさかと思って、信じたくない気持ちでいたんだ。おまえたちは……いつからなんだ。普通の叔父と姪の関係じゃなくなったのは」

と尋問するように言い放った。

父に疑われていたことを知った瞬間、ぞっとした。自分がしたことは棚に上げて、身内が身内同士の肉体関係を想像しているという状況の異様さに気分が悪くなった。

父は振り上げたこぶしを引っ込めずに私に視線を移したが、思い直したように腰を下ろした。

「さすがに弁護士が殴られた顔してるのは、まずいだろう」

父は説明するように呟いた。もしかしたら私がその一言で我に返って考え直すことを期待したのかもしれない。

遼一さんの顔を見ると、左目の下が青く腫れていた。私は父に向き直った。

「なんの根拠があって、こんなことをするんですか？」

父は耳を疑ったように
「なんだと？」

と訊き返した。

「私と遼一さんが、あなたに殴られるようなことをしたという根拠はあるんですか？」

「なにを言ってるんだ、おまえは！」

と父が怒鳴りかけて、一瞬、怯んだように口ごもった。私があまりに冷たい目をしていたからだろう。

「あなたは、小学生だった私の鼓膜を破り、被害に遭った私を守りに来てくれた遼一さんを殴った。ふざけんな。絶縁したけりゃ、絶縁しろ。その代わり、老後の面倒は一切見ません。学費は返します」

「上等だ、誰がおまえみたいな感謝の気持ちもない娘に介護してほしいなんて思う。ちょっといい大学に行ってたまたまいい仕事に就いたからって、親を見捨てるなんて、何様だ！　いつか身の程を知れ」

「そっちだって私がなにしたって感謝したことなんてないくせに。たまたまで司法試験に受かるかよ！」

私は遼一さんに視線を向けた。彼はまだここにいるという目をしていた。私は察して、部屋の隅に歩いていってバッグを持ち上げた。デニムのポケットに入れていた金の指輪を素早く左手の薬指に嵌める。二人でひっそり田舎に移住する計画は消えたな、と思った。

一足先に東京の自宅マンションに戻った私は、このまま遼一さんと離れ離れになってしまうことを危惧して不安になり、深夜まで眠れなかった。

終電の過ぎた午前一時を回って、玄関のドアが開く音がした。

私がすっ飛んでいくと、昼間よりも頰の腫れがひどくなった遼一さんがさすがに疲れたような顔を向けた。

「大丈夫だった？　ごめんね。私もやっぱり一緒にいれば良かった」

「いや。永遠ちゃんがいるとよけいに喧嘩になるから、帰ってもらってよかった」

と遼一さんは笑った。こんなときでも冗談を言う彼の人柄に胸がいっぱいになった。

私は台所に立って、依頼人からの頂き物の新しい茶葉の封を切って、緑茶を淹れた。

遼一さんはお茶を飲んで一息つくと、切り出した。

「そして、ごめん。俺も縁を切られました」

私は、うん、と頷いた。

「それよりも暴力は？　酷いことはされなかった？」

「土下座したら、後頭部は踏まれた。でも、兄貴もさすがにあれは本気じゃなかったな。閉店したスナックの撤去作業中にその土地のヤクザに因縁つけられたときに比べたら、素人の怒声なんて全然大したことないよ」

「遼一さんって、意外と修羅場をくぐってるんだね」

と私は呟いた。この人のことをまだまだ知らないのだと実感した。

「永遠ちゃんの離婚のときにはなにもできなかったから、俺はようやく体を張れて良かったと思ったよ」

「……昨日までは曖昧なままでいくつもりだったのに？」

「好きな人のことで嘘をつき続けたい人間なんていないよ」

そこまで遼一さんが素直な本音を打ちあけてくれるのは初めてだった。この人も本心では秘密から解放されたかったのだ、と今さら気付いた。

彼が私の左手の薬指に目を向けた。指輪のお礼を言いかけたとき、スマートフォンがふるえた。

メッセージの相手は母だった。覚悟して開いた。

お父さんから絶縁した経緯は聞きました。お父さんは案外謝られれば折れる人だけど、あなたのことだから、お父さんに謝ることは死んでもしないだろうと思います。

どうしてこんなことになったのか分かりませんが、思えば、私が永遠ちゃんを理解できたことはなかったのかもしれません。ただ、あなたは昔から本当に遼一さんのことが好きでしたね。お父さんに似て、見栄っ張りで人目を気にするあなたが、それだけのことをしたなら、すべて決意した上でのことだと受け止めています。

世間の注目を集めることだけは避けた上で、どうか、元気であなたらしく生きてください。

別段、愛情深いことが書かれているわけでもなく、どちらかと言えば突き放した文面だったのに、不思議と、初めて母に理解されたように感じた。少なくとも私の意志だけは尊重されたことが伝わり、危うく泣きそうになった。遼一さんがきっと罪悪感を覚えてしまうから、その場では気にしていない態度を取った。

遼一さんがお茶の湯呑を置いて、私のそばにやって来た。彼の手を強く握る。

「二人きりだね」

私は彼のセーター越しの心臓に耳をつけた。安定した鼓動を感じた。

「永遠ちゃんにはまだ大事な人がいる」

と遼一さんが言った。私は小さく首を横に振った。

その翌朝、山下翔子さんが拘置所内で自殺したという連絡が届いた。

事務所の電話で詳しい経緯を訊いた。着ていた衣服をくくりつけて首を吊った、ということだけ分かった。宙ぶらりんのまま放り出された私はデスクに突っ伏して深く息をついた。山岡先生からは一言、気遣う言葉をかけられた。

昼休みに事務所のビルを出て、近所の公園まで一人で歩いた。オフィス街の真ん中に作られた狭い公園には目立った遊具もなく、芝生は枯れてがらんとしていた。ベンチに腰掛けた私はコートのポケットに手を突っ込んで、冬の青空を仰いだ。頬が冷えて吐く息は白かった。

裁判が終われば、おそらくは執行猶予がついたのに。そう考えたら、やるせない気持ちになった。私が彼女を追い詰めるようなことを少しでも言ったりやったりしただろうか。被告人と弁護人という間柄とはいえ、互いに心を砕いて会話したのに自死されたショックと無力感に胸の中を塗りつぶされて、手足の力が奪われていくようだった。

なにもできていない。仕事も、人としても。努力だけでは叶わないことなんて、これからいくらでもあるのだ。それでも死んでしまえば、永遠に救うことも救われることもできない。そして今しかできないことを置き去りにしている間にも時は流れていく。

午後から時間休を取って帰り支度をした私は東京駅へと向かった。

窓の外が雑然とした都会から風情ある街並みに移り変わり、西日が沈みかけた頃、鎌倉駅に着いた。萌にメールを送ると、しばらくして、一時間程度なら出られるという返事があった。

日が暮れて寒くなってきたので、駅前のマクドナルドに入った。コーヒーを飲み終えた頃、萌から駅に着いたというメールが届いた。

マクドナルドの外へ出ると、駅前で萌がデニムを穿いて首の詰まったニットの上に白いダウンジャケットを羽織った格好で立っていた。バイト先で初めて出会ったときのことを思い出した。下着が見えそうなくらいに短いスカートを穿いていた萌は私とはまるで違う人種のように思えたが、目が合うと、彼女から話しかけてきた。笑顔が可愛い子だと思った。意外と気配りが上手で優しい子だな、とも。私は足を前に踏み出した。

萌は畏まった表情で口を開きかけた。私はそれを遮るように言った。

「親に打ち明けて、絶縁された。遼一さんは殴られたけど、でも、お互いに決めた。一生、一緒にいるって」

驚いたように目を見張った彼女に、私は一度も言ったことのなかった台詞を口にした。

「理解されなくていい、なんて思ってないよ。萌には、私を、理解してほしい。そして味方でいてほしい。萌が無理だって思うのも、当然だと思う。ただ、そう、伝えたかった」

言い終えないうちに、涙が溢れた。

私が泣きたい場所はここだったのか、そう思ったとき、萌が近付いてきて私を抱きしめた。小さな子相手のように強く。そして涙声で言った。

「色んなことを言ったけど、本当は、永遠子が必要としてくれるのを待ってた。離婚したときだって、遼一さんと暮らし始めたときだって、私が会いに行っても、不安そうな顔してるわりに自分は平気みたいなことしか言わないから。それなら、私にできることなんてない」

私は短く息を吸い、吐き出すように言った。

「ごめん。ずっと一人で変に強がってて」

「そうだよ。頭はいいかもしれないけど、人の気持ちに鈍感だよ」

「うん。自覚はある」

「改めてよね。あと、今度こそ、幸せになって」

萌の柔らかい体も高い体温も、ちっとも慣れなかった。その気恥ずかしい心地よさに浸りながら、大切な人に負けることの幸福を感じていた。

引用文献

『夏と煙』テネシー・ウィリアムズ著　田島博訳　新潮文庫
『こおろぎ——歌集』山崎方代　短歌新聞社

執筆にあたり、弁護士の山本衛先生、株式会社バウムスタンフ鶴田幸夫氏、木上賢一氏にお話を伺いました。本当にありがとうございました。

初出　「骨までばらばら」（「小説新潮」二〇二二年一月号）
「さよなら、惰性」（「小説新潮」二〇二二年九月号）
「ハッピーエンド」（「小説新潮」二〇二三年四〜六月号）
刊行にあたって大幅に加筆修正を行いました。

カバー写真　岩倉しおり

天使《てんし》は見《み》えないから、描《か》かない

発　行……2025年1月30日

著　者……島本理生《しまもとりお》
発行者……佐藤隆信
発行所……株式会社新潮社
〒162-8711　東京都新宿区矢来町71
電　話　編集部 03-3266-5411
　　　　読者係 03-3266-5111
https://www.shinchosha.co.jp
装　幀……新潮社装幀室
印刷所……株式会社光邦
製本所……大口製本印刷株式会社
乱丁・落丁本は、ご面倒ですが小社読者係宛お送り下さい。
送料小社負担にてお取替えいたします。
価格はカバーに表示してあります。

ISBN978-4-10-302033-2　C0093